「ねだり方を教えてやろう」

耳元で、ヴィストルの声がした。

「お前は物覚えがいいようだからな。もっとも――どうねだられたところでお前を抱くか抱かぬかを決めるのはわたしだが」　(本文より)

BBN
B●BOY NOVELS

闇公爵の婚礼
～聖獣の契《ちぎ》り～

桂生青依
イラスト／周防佑未

この物語はフィクションであり、実際の人物・
団体・事件等とは、一切関係ありません。

CONTENTS

闇公爵の婚礼～聖獣の契《ちぎ》り～

《ねえねえリーン、ホントにこうしゃくさまは会ってくれるのかな》

胸元から聞こえる声に、リーンは片膝をつき頭を下げた姿勢のまま「多分ね」と小声で答えた。

着慣れない高価な服を着て慣れない姿勢を続けているせいか、膝や腰がじわりと痛い。けれど動くわけにはいかないのは、ここがリーンの住むガーリンドルの領主、デュプリシエイト公爵の城内だからだ。

しかも、リーンは公爵に謁見《えっけん》を求めてやってきた身。それも無理を言ってのことだから、些細な失敗もするわけにはいかない。

リーンは、今年で二十八歳になる。中流貴族の子弟だが、普段は学者としてこの国、ファジランの文学について研究するほか、王立大学の教授として教鞭《きょうべん》をとっている。

大きなヘイゼルの瞳に、柔らかな茶色の髪。身長こそ同世代の同性に比べて見劣りしないものの、体格はやや華奢《きゃしゃ》なためか、ぱっと見たところではさして目立たない外見だ。けれどふとしたときには絶世の美人として名前を知られていた母に似た雰囲気を醸《かも》し出すようで、学生時代に友人たちと古典劇を演じ、女性の格好をした後は、しばらく同性からの熱烈な告白が絶えなかったものだった。

しかし今は、そんな容姿もさして関係ない象牙《ぞうげ》の塔の住人で、一日のほとんどを自分の研究室で過ごしている毎日だ。出かけるところも、図書館か街に何軒かある古書店程度。友達との付き合いも本当に「付き合い」程度のつつましい毎日を送っている。

本来なら、領主の城に足を踏み入れることなど絶対になかっただろう。

にもかかわらず、こんなところまでやってきたのには、それ相応の大切な、そして重大な理由があった。

リーンはこの地域で採取される香燐石《こうりんせき》が敷き詰められ、つやつやと光る床の上で膝をつき、頭を垂れ、待ち人の訪れを待ち続けながら、緊張を紛らわせようとするかのように小さく息をつく。

すると、それに呼応したかのようにリーンの【コム】であるムーが胸元からひょいと顔を覗《のぞ》かせた。

【コム】とは、動物の中でも特に強い精神感応力を持ち、人間とコミュニケーションが取れるもののことだ。それらは聖獣として尊《とうと》ばれ、多くは王立の保護区で保護されている。

貴族の子弟は物心つくと親と一緒にそこへ赴《おもむ》き、自身と相性のいいコムを得る。「辛いときも常に友達が側にいるように」という願いと共に両親から贈られる最初の贈り物だ。

小型の犬や猫や鳥だけでなく、ときには馬や猿、そしてリーンのように栗鼠に似た小動物をコムにしている者もいる。

小さなころから一緒に育つからか、種族は違えどもお互い似てくるもので、仲のいいコムとその主人との間では会話ができるようになったり、遠く離れていてもテレパスで通じ合えるようになる。

また、主人同士、コム同士の関係がそれぞれに影響し合うと言われており、主人同士が敵対しているためにコム同士もいがみ合うこともあれば、逆に、主人同士が恋人関係のためコム同士も惹かれ合い、つがいになることや、コムが惹かれ合った結果、主人同士も恋人になることも少なくない。

リーンは、コムであるムーととてもいい関係を築いていた。

元気で歌の上手いムーは、ちょっとおっちょこちょいなところも可愛らしい、とても大切な友人で、彼の言動に励まされることが何度もあった。

今日も、リーンにとって難しい――困難を伴いそうな事案のため、心の支えになればとムーを連れてきたのだが、不安が伝わっているのか、どこか心配そうな顔だ。

リーンは苦笑すると「大丈夫だよ」とムーを撫でた。

「きっと大丈夫。なんとかしてみせる。だから、お前はここでおとなしく僕を応援してくれ。いいね？」

そして、ムーを再び胸の中に押し込めたとき。

リーンの耳に、ドアの開いた音が聞こえた。

「！」

（来た）

一瞬で、全身が緊張する。

肌でわかった。

まだ顔も上げていないのに、「その男」が現れた瞬間、辺りの空気が一変した。

息を詰めて頭を下げていると、やがて、足音が止まる。

「リーンと言ったな。顔を上げろ。なんの用だ」

少し離れた前方から、弦楽器が奏でる音楽のような優雅さを感じさせると共に、人に命令し慣れた傲慢《ごうまん》さを感じさせる、低く、よく響く声が届く。

(ガーリンドルの闇公爵——)

目の前の男の異名《いみょう》を思い出しながら、リーンはごくりと唾を呑んだ。

歳は確か、リーンよりも少し上の三十二歳。十五歳で公爵家を継いでからというもの、嫁いだ者たちが次々不可解な死を遂げているという黒い噂の公爵。

そんな彼が漂わせる、独特の雰囲気のせいだろうか。

顔を上げて話をしなければと思っているのに、身体が固まって動けない。

不自然な沈黙と間が、謁見の間を満たしはじめたとき、

「こ——公爵閣下におかれましては——」

リーンは思い切って顔を上げ、覚えてきた口上《こうじょう》を口にする。

だが次の瞬間、息を呑んだ。

視線の先。謁見の間に唯一置かれている椅子に座っている男は、リーンがかつて目にしたことがないほど見事な容姿をしていたのだ。

唖然《あぜん》とするとはこのことだ。

長い髪と描いたように形のいい双眸《そうぼう》は夜を溶かしたかのような漆黒。眉は男らしく精悍《せいかん》で、鼻梁《びりょう》は芸術家が細心の注意を払いながら作ったかのような絶妙な高さだ。その下に続く口元は惚れ惚れするほど品がよく、なるほどあの声が零《こぼ》れ出てくるのが当然と思える。

普通に考えれば容姿の完璧さを損なうだけの、右頬にある傷痕も、彼にかかれば魅力を増すための選《え》りすぐられた特別の印のようにも思わせられるほどだ。

座っていてもわかる長身。組んだ脚は長く、体躯《たいく》は太すぎず細すぎず均整の取れたもので、ただそこにいるだけで周囲を支配する気配がある。

身に纏《まと》う衣服は、シャンデリアの光を受けて濡れたように光る黒。その輝きは、触れなくとも極上の質であることを伝えてくるもので、リーンが着ている服とは比較にならないほど高価だと無言で知らしめてくる。

しかも彼は、黒い巨大な獣を従えていた。傍《かたわ》らに悠々と侍《はべ》るそれは、彼の髪の色と同じ、漆黒の毛並みをした獅子だ。

威圧感に、動くこともできない。ムーも怯えているのか、胸の中に隠れるようにして入り込んでしまった。

だがここで固まったままでいるわけにはいかない。

リーンは妹のためにやってきたことを思い出すと、毅然《きぜん》と見つめ返し、もう口上も何もなく、ただ目的を伝えるために口を開く。

「本日は、妹の結婚の件で参りました」

大事な妹を、公爵と結婚させるわけにはいかないから。

◆

ことの起こりは、昨日の夜。

いつものように家族三人で夕食を摂《と》っていたとき、リーンの向かいに座っていた父が、急にメリアの結婚について——リーンの一つ年下の妹の結婚について切り出したことだった。

「いったいそれはどういうことですか父上！　結婚!?　あの闇公爵と!?　メリアにはもうソーガンが——将来を約束した相手がいるのですよ!?」

その話を聞いたとき、リーンはそう叫ばずにいられなかった。

隣に座っているメリアも当惑している。だが当然だろう。

まだ少女だったころから際立った美貌で城下に広く知られていたメリアには、確かに以前から求婚者が絶えなかった。だが彼女自身は初恋を貫《つらぬ》き、幼なじみで画家であるソーガンと婚約したのだ。

既《すで》に心を通わせ合っている相手がいることは父も承知だったはずなのに、どうして今になって別の男との――それも「あの」闇公爵との結婚の話を持ち出してくるのか。

すると司律省《しりつしょう》に勤める父は、苦虫を噛み潰したような顔で「仕方がないだろう」と続けた。

「今朝出勤するなり、省大官《しょうたいかん》さまを通して城へ呼ばれ、そう命じられたのだ」

「どうしてその場で断らなかったのですか！　メリアにはソーガンがいるではありませんか」

「省大官さまにも話が通じているのにその場では断れぬだろう」

「では受けるおつもりですか!?　今の口ぶりでは、『そうしろ』と仰《おっしゃ》っているようですが」

「公爵家からの申し入れなのだ。どうやって断れと言うのだ！」

「断れます！　メリアはソーガンと正式に婚約しているはずです。なんとでも断れるではありませんか」

「わしの立場も考えろ！」

声を荒らげた父が、バン！　とテーブルを叩くと、メリアはびくりと肩を震わせる。

しかしリーンはそれを聞いた途端《とたん》、一層顔を顰《しか》めずにいられなかった。

「立場とは……つまり父上はご自分の保身のためにメリアを公爵に差し出そうというわけですか」

「人聞きの悪い。公爵家に望まれるなど、そうそうあることではない。我が家としても誉《ほま》れではないか」

「では、家のためにメリアを差し出そうというわけですか」

リーンがずばりと言うと、父は黙り込む。その表情は肯定のそれだ。

リーンは溜息をついた。

リーンの家は元々が学者の家系で、そのため、家柄は悪くないもののお金がなく、「貴族らしい生活」を維持するだけでも大変な状況だ。リーンも父も家にお金を入れてはいるが、三人で住むには広い屋敷を維持するだけで精一杯で、着るものも食事も質素なものだった。

父は普段からそうした生活に不満を漏らしていたから、メリアの結婚で一気に家の隆盛を…と考えているのだろう。

確かにリーンも、欲しい本を思うように手に入れられなかったときなど、「もう少し家が裕福なら……」と思うことはあった。メリアが年頃の女性にしては簡素な服を着ていることも、心苦しく思っていた。

だが、それと同時に、家族三人で助け合って暮らしていけば、今のままでも不自由なく生きていけると思っていたのだ。

何よりメリアとソーガンはお似合いのカップルだ。なのによりによって「あの」公爵に嫁げとは。

リーンは眉を寄せた。

ガーリンドル公、ヴィストル＝ゼラ＝デュプリシエイト。

その名前を口にするとき、人々は尊敬と共に畏怖《いふ》の念を抱かずにいられない。

デュプリシエイト公爵家は現王の近親にあたり巨万の富を持つと言われている。だが、その力の大きさ故に昔から「いつか王に反旗を翻《ひるがえ》すのでは」と囁かれ続け、実際、現当主の祖父の代には、謀反《むほん》を疑われ、領地をこの土地に移されたという話だ。

公爵家の庇護《ひご》によって、この土地は商業の要所となり繁栄した。だが、街の人たちは公爵家に尊敬の念を抱くと同時に、いつか自分たちの領主が王を裏切るのではと心のどこかで畏《おそ》れを抱きながら毎日を過ごしている。

それだけではない。

一番の問題、それは、現在のガーリンドル公にまつわる恐ろしい事実——公爵に嫁いだ四人の女性がなぜか皆、不審な死を遂げているということだった。

一人二人ならともかく、四人ともなればさすがに普通とは言い難《がた》く、今や街では「公爵の怒りをかえば、すぐに殺されてしまう」だの「殺されるときには生きたまま血を抜かれる」だの「公爵はその血を毎日飲んでいる」だのという、様々な恐ろしくも無責任な噂があちこちで飛び交っている。

そのため、いつしかどの名家も一切娘を差し出さなくなった。だから大して家格が高くないリーンの家にまで話が来たのだろう。

あまり人前に出ず、その貌《かお》が秘密のベールに包まれていることも影響しているのかもしれない。

リーン自身も見たことがないが、人づてに聞いた話では、人間と思えぬほどの美丈夫らしい。

それ故、妻を生け贄《にえ》として悪魔に差し出しているのではという噂まであり、いつしか「ガーリンドルの闇公爵」と呼ばれるようになった。

(そんなところに、大切な妹を嫁がせるというのか――)

リーンは改めて「そんなことはさせたくない」と強く思った。

幼いころから仕事で家を空けていた父。身体が強くなかった母。そんな二人とはあまり一緒にいられる時間がなかったから、その分、彼と妹はその絆《きずな》をより深めていった。そして母が死んでからは、家で唯一の女性として、自分と父の面倒を見てくれていたメリア。だからこそ、彼女には本当に好きな相手に嫁いで欲しいと思うのだ。

リーンはちらりとメリアを見ると、青白くなっている彼女をなんとか元気づけたくて、「大丈夫だ」と頷《うなず》いた。

「お前は心配するな」

「でも……兄さん……」

「大丈夫だ」

ぽんと肩を叩くと、

「――父上」

リーンは父を見つめ、強い声音で言った。

「とにかくその話は、少し待って下さい」

「待つと言っても……」

「とにかく、まだ返事はしないで下さい。正規の結婚の申し入れなら、返答まで数日の猶予《ゆうよ》は許されるはずです」

「それはそうだが、どうするつもりなのだ。わしだって、好きこのんでメリアを嫁がせるわけではない。だが我が家の家格では、嫁げと命じられて断れるわけがないだろう」

「僕が、直接公爵と話をして参ります」

「!? 何を言っておる！　お前如きが公爵さまにお目通りが叶うわけがないだろう」

「お兄さま!?」

父に続き、メリアも、驚きの声を上げる。

だがリーンはそんなメリアを安心させるようにまた頷くと、改めて父の方を向いて続けた。

「僕はメリアの兄です。つまり公爵にとってはこれから娶《めと》ろうかという相手の兄。義兄になろうかという相手です。面会の希望すら許されないとは思えませんが」

毅然と言うと、父はぐっと黙り込む。

だがその瞳は不安に満ちている。

「会ってどうする。公爵さまの機嫌を損ねれば、いったいどんなことになるか」

「それは会ってからの話です。とにかく、一度会わなければ気が済みません。どういうつもりでメリアと結婚したいのか、それを確かめなければ」

確かめたところで結婚させるつもりはないが——とは言わず、リーンは父を見つめる。

何にせよ、このままなし崩しにメリアとあの公爵とを結婚させたくはない。

会いさえすれば「嫁がせないための上手い理由」も思いつけるかもしれないのだ。

とにかく会わなければ。

「明日、すぐに会って参ります。ですから返答はお待ち下さい。いいですね」

念を押すように言うと、父は「だが」と口を開きかける。しかしその続きは聞かず、リーンは席を立つと自分の部屋へ戻った。

◆

それが昨日のことだ。

そしてリーンは翌日——すなわち今日、早速、領内の高台に位置し、周囲を森に囲まれた公爵の居城であるここへやってきたのだった。

初めてやってきた城は思っていた以上に大きく、そして威厳を感じさせる佇まいで、足を踏み入れることが少し躊躇《ためら》われた。公爵の噂の件もあって、怖さを感じていたせいもあるのだろう。

しかもなんの約束もなしだ。会えるだろうかと不安になっていると、案の定、門番としばらく押し問答を繰り返してしまった上、なんとか城内に入ったのちも、あちこちたらい回しにされた挙げ句、三時間以上待たされた。

だが、今。

目の前にいるのはあの公爵だ。

リーンは、今まで経験したことのない威圧感を全身に受けながらも、なんとか公爵を見つめたまま続けた。

「我が妹との婚姻をお考えとのこと、父より聞きました。ですが妹は既に結婚を約束した相手がいる身。どうかお考え直し頂けませんか」

しかし、必死で見つめた視線の先で、公爵は――ヴィストルは素っ気なく言った。

「そんなことか」

その声は、よく研《と》がれた冷たい刃物を思わせる無慈悲さに溢《あふ》れていた。

「そんな話、わざわざするほどのことでもない」

「どういう意味でしょうか」

「お前の妹の事情などわたしには関係ないということだ。こんなところに来るよりも、結婚を約束していた相手を慰める言葉を考えた方がいいのではないか」

そして話は終わった、とばかりに立ち上がる。

「お待ち下さい！」

思わずリーンは腰を上げると、胸元からムーが転げ落ちたことにも構わずヴィストルを追いかける。

だが、ヴィストルは足を止めない。リーンは駆け出すと、無礼と知りつつもヴィストルの前に回り込む。

足下に跪《ひざまず》くと、深く頭を下げた。

「どうか——どうかメリアのことはご容赦下さい。妹には好いた相手と添い遂げさせたいのです」

「わたしの結婚相手は、様々な条件から臣下たちが決めている。我が公爵家に相応《ふさわ》しい血筋、容姿。お前の家の血筋は悪くない。特に母方の血筋は遡《さかのぼ》れば我が公爵家とも縁のある血脈だ」

「そんな…それだけの理由で妹と結婚とは……あ、愛情は——」

「そんなもの不要だ。結婚とはそういうものだろう。家と家との繋がりを深め身内を増やして今まで引き継いできたものを守るためのもの。わたしに言わせれば好きな相手のもとに嫁ぐなどという甘いことを言っているお前の方がどうかしている」

「で、ですが……そこをなんとかお願いしたいのです！」

「くどい」

「閣下！　どうかお考え直し下さい！　お願い致します！　叶えて頂けるならなんでも致します！」

再び歩きはじめたヴィストルの服に縋るようにして、リーンは必死に声を上げる。

すると数秒後。

「……」

ヴィストルは重たい沈黙と共に、ゆっくりとリーンを見下ろしてきた。

暗い洞窟のような瞳に見つめられ、全身に寒気が走る。それでも必死でしがみついていると、音もなく伸びてきた手が頬に触れ、頤《おとがい》に触れる。

血の気が感じられない冷えた指に、身体の芯まで凍らされる気がする。

されるままになっていると、頤を掬《すく》い上げられた。

為す術なく見つめ返すだけのリーンの視線の先で、ヴィストルは微《かす》かに目を眇《すが》めた。

「なぜそこまでする」

そして紡がれた言葉は、疑問の形だが抑揚《よくよう》のないものだ。

息を詰めて見つめるリーンに、公爵は続ける。

「わたしの妃となれば、お前の妹は一生裕福な暮らしができる。お前も、お前の父もだ。その何が不満だ」

「愛し合っている相手と一緒にさせてやりたいと望んでいるだけでございます」

「愛？　愚かなことを」

「そんなことはありません！　誰かを好きになったり愛したり…それが一番大切なことです！」

嘲《あざけ》るように言った公爵に、リーンは強い声で言い返す。

見つめると、リーンを見つめ返してくる双眸に、それまでと違う気配が微かに混じる。

直後。

「必死なことだ」

公爵は嘲笑《ちょうしょう》するかのように言うと、かっと頬を染めたリーンに向けて続けた。

「そこまで言うなら、考えてやらなくもない」

「本当ですか!?」

「但《ただ》し――お前が代わりに嫁ぐならだ」

「えっ!?」

目を瞬かせるリーンを、ヴィストルは真意も底も知れない色の双眸でじっと見つめてくる。

すぐに答えられないリーンに、ヴィストルはどこか昏《くら》い瞳で繰り返す。

「妹が嫁げないというなら、代わりにお前が嫁げ。正式な妃は必要だが、結婚の相手が必ずしも女である必要はないからな。跡取りは妾《めかけ》に生ませれば良いのだし。もっとも、男に嫁いだ男がどんな目で見られるかはお前も想像はつくと思うが……。なんでもするのだろう?」

「そんな……」

リーンは一言零したきり絶句した。

自分が公爵に嫁ぐ?　そんなこと、まったく考えていなかった。

狼狽《うろた》えるリーンに、公爵は畳みかけるように言う。

「お前が嫁ぐというならわたしはお前の妹を娶るのをやめてやろう」

それは明らかにリーンができないと考えている口ぶりだ。

「それとも――口では立派なことを言っても、自分を犠牲にすることはできないか？」

「そ、そんなことはありません！」

咄嗟《とっさ》に言い返したが、胸の中には不安が広がっていく。

この国では、男同士でも女同士でも結婚できる。それはリーンも知っていることだが、実際にするのは稀《まれ》だ。「できる」ことと、それが「歓迎される」こととはまったく別で、大抵はお金や家格目当ての結婚だと軽蔑されることになる。

だがこの提案を拒めば、メリアは間違いなくこの公爵に嫁ぐことになるだろう。嫁がされてしまうだろう。

領主である公爵からの結婚の申し込みを、父が退けられるわけがない。

どんな手を使ってもソーガンとの婚約を解消させ、公爵と結婚させるだろう。

(駄目だ)

リーンはその最悪の想像を頭を振って散らした。

そんなことは絶対にさせられない。

大切な妹なのだ。メリアの笑顔を曇らせたくない。彼女のこの後の生涯をずっと不安で覆わせたくない。

リーンはぐっと強く手を握り込むと、身体の震えを押し隠し、低い声を押し出した。

「わかりました。仰《おお》せの通りに致します。ですから……どうか妹は」

苦いものを感じながらも、なんとかそう言い終えた直後。

「殊勝《しゅしょう》な心がけだ」

ヴィストルの声がしたかと思うと、不意に腕を摑まれ引っ張り上げられた。

「あっ――」

間近に見る闇公爵の瞳。

ヴィストルの感情を映さない瞳の底に、昏く酷薄《こくはく》な何かがゆらりと揺れたような気がした。

「来い。お前は今からわたしの妻だ」

「か、閣下!? いったい何を」

「何を？ 夫婦になったのだろう。だったらすることは一つに決まっている」

声と共に、ものすごい力で無理矢理引っ張られる。

恐怖のあまり思わず反射的に抗《あらが》ったが、非力なリーンの抵抗は意味を成さない。

《リーンをはなせ！》

叫んだムーが公爵に体当たりしようとしたが、その小さな身体は割って入った公爵のコム、漆黒の獅子の巨軀《きょく》に跳ね飛ばされた。

獅子が低い咆哮を上げる。

「ムー！」

リーンは駆け寄ろうとしたが、ヴィストルに捕らわれたままで身動きが取れない。

そのまま、ヴィストルは部屋を出ると、リーンを引き摺り広い廊下を歩いていく。

一方的に連れ回されているせいで、ここがどこなのか考えることもできない。いくつもの部屋、いくつもの廊下を通り過ぎ、一つわかったのはこの城はまるで迷宮のような広さだということだ。

やがて、そろそろ脚も疲れ全身に汗が浮きはじめたころ。

ヴィストルは一つの部屋のドアを開け、そこにリーンを放り込む。

「閣下！」

いきなりのことにリーンは狼狽《ろうばい》を隠せない。

だがヴィストルはそんなリーンの混乱など気にも留めていない強引さでリーンを引き寄せると、次の瞬間、そこにあったベッドに突き飛ばした。

「あ――」

弾みのついた身体は、そのまま勢いよく天蓋《てんがい》つきのベッドに沈む。

リーンは慌てて身を起こすと、狼狽えながらヴィストルを見つめた。

確かに結婚すると言った。だがこんなことまでは考えていなかった。

急に生々しく「結婚」という言葉が迫り、リーンは唾を飲み込んだ。

「お――お待ち下さい」

「それは聞けぬな」

「でも…あ、あの、僕は――」

「お前の意見など聞いてはいない。妻となったからには従順にその義務を果たせ」

「そ……」

そんな、と言いかけた声が、口付けに封じられる。

ヴィストルは獣を思わせる俊敏さで飛びかかってきたかと思うと、リーンをベッドに押し倒し、口付けてきたのだ。

「ん……っん、ん、んんっ——」

不意の——しかもリーンにとっては初めての口付けに、頭の中が混乱する。

抵抗しなければと手足をばたつかせるものの、のし掛かってくる身体は自分よりも遙かに屈《くっ》強《きょう》で、ほんの少しも逃げられない。

「ん、んぅ……っん……んん……っ！」

それどころか、踠《もが》いた弾みに、口が開き、隙間から舌が口内に挿《さ》し入ってくる。

その未知の感覚に、リーンは瞠目《どうもく》した。

（こ、これ…っ……舌……っ舌……っ——）

温かく濡れ、柔らかいのに弾力のあるそれは、まるで生き物のように口内を蠢《うごめ》く。

上顎をなぞられ、触れ合った舌を舌で絡められ、吸われれば、まるで食べられているような気分になってくる。

「……は……っ…ゃ……やめ…て下さい……っ」

辛うじて肩を押し返し、なんとか唇を離すと、リーンは大きく息を継ぎながら掠《かす》れた声を零す。

長い口付けのせいで、頭がぼうっとしているが、乱れて額に張りつく髪を払い、荒い息を繰り返しながら、目の前の男を睨《にら》みつけた。

同じ人間とは思えないほど端整な貌。黒い瞳が獰猛《どうもう》に見つめ返してくる。

「お前の意見など聞いてはいないと言っただろう。お前はわたしの花嫁だ。ならば抵抗するな」

「は、花嫁だからって、いきなり……っん！　ん、んんっ――」

「口を開けろ。接吻《せっぷん》の仕方も知らないとはな」

馬鹿にするように言われ、リーンはますます真っ赤になる。

別に好きで不慣れなわけじゃない。機会がなくて…たまたまそういう相手がいなかっただけだ。

好きで未経験だったわけじゃない！

だがまさか、こんなところでこんな相手との初体験になってしまうとは。

それを思うと、悔しさと情けなさに鼻の奥が熱くなる。

次の瞬間、堪《こら》えられず涙が零れる。

慌てて目元を手の甲で拭ったが、ヴィストルには気付かれたようだ。

その手を取られたかと思うと、目元から引き剝《は》がされ、真上から顔を見下ろされる。

「あ……」

泣いた顔を見られた恥ずかしさに、一気に顔が熱くなる。

思わず顔を逸《そ》らそうとしたとき、公爵は「なるほど」と呟くように言った。

「普段は無闇に花嫁を泣かす趣味はないのだが――……お前は泣いた顔の方が美しそうだ」

「なん…なんだよそれ…っ――」

冷たい笑みに、背筋が冷える。

身を捩《よじ》って逃げようとしたが、服を摑まれたかと思うと手荒く引き剝がされた。

「やめ――やめろよ！　やだ…嫌だって！」

「ここまで来て何を言っている。それとも、怖《お》じ気づいたか。逃げるか？　そして代わりに妹を差し出すか」

無慈悲な言葉に、リーンは息を呑む。

怒りが込み上げてくるのを感じながらヴィストルを睨みつけたが、彼は冷えた視線を返してくるばかりだ。

「っ……」

ややあって、リーンはきつく唇を嚙むと、ゆるゆると抵抗をやめた。

屈辱感で、全身が震えるようだ。それを堪えるように頭の中で「メリアのためだ」と繰り返し、シーツを摑む。

「さっさと…終わらせて下さい」

顔を逸らすと、呻《うめ》くように言った。

こんなのはなんでもない。子どもができるわけでもない行為。そもそも妹と結婚させないための形だけの結婚なのだから、契約だと割り切ってしまえばいい。

しかし胸の中でそう繰り返すリーンの耳に届いたのは、容赦のない冷たい声だった。

「だったら顔を逸らさず、しっかりとわたしを見ていることだ。ちゃんと目を開けて見ていろ。お前を犯す男の顔を。お前の夫となる男の顔を」

「こ――こんな結婚……形だけですから」

その声に、リーンは逸らしていた顔を戻し、睨み上げながら言った。

「こんな……ぼ、僕の身体なんかでよければ、あなたの好きにすればいいんです。でも心まで渡す気はありませんから……っ」

次の瞬間、辛うじて身体を隠していた服が、容赦なく引き裂かれた。

「そんなもの、元より求めぬ」

そして低い声がしたかと思うと、大きく脚を割り開かれた。

「あっ」

覚悟を決めたつもりなのに、一瞬、羞恥のあまり抵抗しかけてしまう。その途端、一層大きく膝を開かされた。

「じっとしていろ。おとなしくしていれば、そうそう痛い思いもすまい」

そしてヴィストルは決められた台詞《せりふ》を読み上げるような口調で言うと、唾液で濡らした自身の指で、リーンの後孔に触れてきた。

「――――!」

普段他人に触れられることのないそこに触れられ、恐怖に身体が竦《すく》む。

しかしヴィストルはリーンの反応など気にしていない手つきでそこを刺激し続けると、やがて、グッと指を挿《さ》し入れてきた。

「ァ……!」

異物が入り込んでくる不快さと恐怖、そして羞恥に、びくりと身体が跳ねる。

だがそれはすぐに押さえ込まれ、指はいっそう奥までじりじりと入ってくる。

「は…っ……ぁ……」

「なるべく力を抜いておけ。息も詰めるな」

「そん……そ……っく……」

言われたようにしているつもりなのに、身体は思うように動いてくれない。

指が中で蠢くたび異物感と圧迫感を思い知らされ、知らず知らずのうちにその指を締めつけるように身体に力が入ってしまう。

「あぁ……ぅ……っあっ――」

「力を抜けと言っただろう。痛い思いをするのはお前だぞ」

「だっ……ぁあ――や……っ」

指が身体の中で動いているのがわかる。

逃げたいが、逃げれば傷つけられそうで、恐ろしさに身体が竦む。

恥ずかしい——気持ちが悪い——抜いてほしい。

同じ言葉がぐるぐる頭の中で回っていて、気を抜けばぽろりと口から零れてしまいそうだ。

それを必死で嚙み殺していると、埋められている指が二本に増える。

「ぁ…あ……っあ…苦し……っ」

「この程度で苦しがっているようでは先が思いやられるな。少しは堪えてみたらどうだ」

「我慢…して…る……っ」

「ほう」

「あァ——ッ」

「ならもう少し耐えていろ」

指が三本に増える。

無遠慮にぐりぐりと中を刺激されたかと思えば乱暴に抜き挿しされ、そのたび上擦《うわず》った声が口の端から零れる。

本当なら声だって上げたくない。けれど、堪えていると余計に苦しくなるから、みっともないとわかっていても声を止められない。

「ア…ッ……は…ァ……っ」

そしてじくじくとしつこく穿《ほじく》られているうち、気付けばそこが柔らかくなっていることが自分でもわかりはじめる。

それだけじゃない。

身体の内側を弄《いじ》られる初めての感覚に、肌がさざめきはじめているのがわかる。

不快感と圧迫感と羞恥、そして苦しさ。それらとは違うぞくぞくするような感覚が、肌の下で生まれて暴れている。

「っ……ッ」

快感によく似たそれは、ヴィストルが指を動かすたび、細かな火花となって全身に散る。

そんな自分の身体に戸惑い、リーンが大きく頭を振ると、

「――そろそろか」

声と共に指を抜いたヴィストルが、自身の服を乱し、性器を取り出す。

形を変えはじめているそれは、既に慄《おのの》くほどの大きさだ。

(うそ……)

思わず逃げかけたリーンの視線の先で、ヴィストルは機械的にそれを扱《しご》く。すると大きさはさらに増した。

指とは比べものにならない、凶器を思わせるその屹立が今からどこへ穿《うが》たれるのかを想像し、リーンは身体が竦むのを感じた。

全身に浮きはじめていた汗が、一気に引く気がする。顔にも、きっと怯えが表れているだろう。

しかしヴィストルは表情一つ変えずリーンにのし掛かってくると、無造作に脚を掴み、先刻以上に大きく開かせる。そして手順の決まった作業のようにその脚を抱えると、強引にリーンの身体を畳んでしまう。

何も映っていないような冷たい瞳に見下ろされると、まるでうなじを薄い刃物で撫でられたような気分になる。

恐怖に首を振ったが、次の瞬間、露《あらわ》になっている後孔に熱いものが触れたかと思うと、そのまま一気に穿たれた。

「っァ…あァ……ッ――！」

想像していた以上の苦しさに、大きく背が撓《しな》った。

反射的にずり上がろうとしたけれど、肩を捕まえられ引き戻される。涙が込み上げてきた。

「っぃ……ぁ……」

「まったく初めてか。――なるほど。これはいくらか楽しめそうだ」

「ぁ……っあ、あ、ゃ…ぁ……っ」

内臓全部が無理矢理押し上げられているような感覚だ。異物感も苦しさも指の比ではなく、一秒ごとに抵抗の気力が奪われていく気がする。

「ゃ…ぅ…あ……も…やめ……ろよ……っ」

「わたしに指図か？　いい度胸だ。身体は好きにしろと言ったのはお前だろう」

「ぁあ……ッ――」

肉と肉がぶつかる音がするほど勢いよく叩き込まれ、大きく身体が撓る。

揺さぶられるたび、苦しさや痛みや恥ずかしさや悔しさがない交ぜになり、掻き混ぜられ涙になって目尻から零れていく。

こんな男の前で泣きたくない、こんな男を楽しませたくないと思うのに、声を上げるたび、身を捩るたび勝手に溢れてしまう。

「っく……ぁ……あァ……っ」

さっさと終わってほしいのに柔らかな肉を苛《さいな》む責め苦は終わらず、リーンは息も絶え絶えにシーツを握り締める。

苦しくて痛くて、自分の身体なのにどうなっているのかわからなくて、怖くてすぐにでも逃げたいほどだ。愛情を伝える行為のはずなのに、ここにはその欠片もない。一方的に犯され蹂躙《じゅうりん》され、リーンは幾度となく頭を振った。

「は……っァ……っく……」

「さっきも言ったが力を抜け。苦しい思いをしたくないならお前も少し考えることだ」

「っ……」

そんなこと、できるならすぐにでもやってる！

言い返してやりたいものの、そのために開けたはずの口から零れるのは、呻くような喘ぎと乱れてゼエゼエと鳴る息だ。

（はやく——早く——はやく——）

早く終わってほしい。

それしか考えられなくなる。

しかし、そうしてどれぐらい経《た》ったのか。

「ふァ……っ！」

不規則な動きでリーンを穿っていたヴィストルの屹立が「そこ」を掠めたとき。

リーンの身体は自分でも思ってもいなかったほど跳ね、高い声が口をついた。

「え……」

「どうした。気持ちがよかったか」

尋《たず》ねられたけれどわからない。

ただ堪《たま》らなく怖くて、思わず目の前の身体にしがみつくと、ヴィストルは狙い澄ましたかのように的確に、そして執拗《しつよう》にそこを突き上げてくる。頤が跳ねた。

「ゃ……っやめ…あ……っ——！」

「お前がねだったのだろう」

「ちが……ッ…ア……」

「なるほど。ここが好きなようだな。構わぬ、許す。好きに声を上げるがいい」

ヴィストルは言うと、リーンの腰を抱え、ますます激しく楔《くさび》を打ち込みはじめる。

彼の香りが、夜の香りが、部屋を満たしていく。

「は……っア……っ」

ずるずると抜き出されたかと思えば一気に奥まで突き込まれ、頭の芯まで痺れるようだ。

腰の奥から今まで経験したことのない気持ちよさが——身体が溶けるような快感が込み上げてきて、意識を攫《さら》われる。

身体の間で擦られる性器も張りつめて痛いほどだ。

そこに触れ、擦って達してしまいたい衝動が高まっていく。

だがヴィストルの前でそんな真似を…と思うと動けない。

高まっていく快感と焦《じ》れったさに唇を噛むと、そんなリーンと対照的に、こうして身体を重ねながらもまったく熱を感じさせない瞳のヴィストルが言った。

「構わぬ。触れればいい」

「な——し…しません……っそんなこと……っ」

自分の淫らな欲望を見抜かれ、リーンは真っ赤になりながら頭を振る。

だがその直後深く穿たれたままグリグリと中を抉《えぐ》られ、リーンは切なげに眉を寄せて身悶《みもだ》えた。

「ぁ…ぅ……っあ……」

もっともっと「そこ」に触れてほしくて、刺激してほしくて、恥ずかしいのに腰が揺れる。好きでもない相手に組み伏せられ、強引に身体を開かれている屈辱的な状況であるにもかかわらず、快感を求めている自分の淫らさに、全身が灼《や》けるように熱くなる。

「ぁ……っは……あ、あァ……っ」

揺さぶられるたび、吐息に湿った声がだらしなく開いたままの口の端から零れる。

行き場のないままの快感が、腰の奥で渦《うず》を巻いてうねっている。

「つか……っ……閣下……っ」

立て続けに打ち寄せる快感の波に為す術なく翻弄《ほんろう》され、リーンは助けを求めるように目の前の身体に縋りつく。

彼こそがこの事態を招いた張本人だとわかっていても、今はそうするしかなくて。

だがヴィストルは表情を変えないままリーンを見下ろし、「許すと言ったはずだ」と短く言うだけだ。

突き放されたような感覚に無性に悲しくなる。なのに身体はますます煽《あお》られ、ぐんぐん熱が高まっていく。

「つふ……っ」

屈辱感と羞恥に零れる涙も拭わないまま、リーンは自分の中から絶えず込み上げてくる欲望に突き動かされるように、そろそろと自らの性器に手を伸ばす。

触れると、そこは今までにないほど大きく硬くなっていた。

「ぁ……あ……っ」

指を絡めておずおずと動かすと、途端に目眩《めまい》がするような快感が背筋を駆け上ってくる。

「は……ぁ……あ、ァ…あァ……っ」

大きく脚を開き、後孔を貫かれながら自身の性器を慰めている自分の姿を思うと、そのあられもない淫らさにまた涙が込み上げた。

だがやめられない。

ヴィストルが動くたび今まで知らなかった淫猥《いんわい》な熱が身体の奥から込み上げ、どうしようもなくなってしまうのだ。

「ぁ…あ、あア…あ…っ…い…いぃ……っ」

熱に浮かされたように性器を扱き、腰を揺らしながら、リーンは喉を反らして喘ぐ。

ヴィストルが激しく動くほどに、リーンもますます昂《たかぶ》り、歯止めがきかなくなっていく。

「は…ぁ……あぅ…ぁ…あぁ…ッ…あァ……っ」

熱に浮かされたようにリーンがとろけた声を上げると、仰け反っていた頤を無遠慮にきつく摑まれ、真上から見下ろされた。

「はあ……ぅ……っ」

「お前の中に出してやる。きちんとわたしを見ていろ」

闇色の瞳の冷たさに息を呑むと、公爵はリーンと目を合わせたまま、一層激しく動きはじめた。

「つは……ぁ……！　あぅ……ん…ん…っ――」

繰り返し奥まで穿たれ、抉られるたび、リーンの身体も大きく揺れる。後孔を熱い肉が行き来するたび、頭の芯まで痺れるような悦《よろこ》びが全身に広がっていく。

「あ…や…あ、あァッ……！」

一番感じる部分を内側から刺激され、目の奥で火花が散った。ぶるりと背を震わせると、二度、三度、四度と立て続けにそこばかりを突き上げられる。

「や…そこ、そこ、は…あ、あァ……ッ！」

「余程好きなようだな」

「ち…が…も…やだ…っ…いぁッ…そこ…ャ……あ、あッ――」

「いや、ではなく、いい、だろう。わたしに嘘をつくな」

「つひ……っ！　あ、あ、だ、め…っ…だめ……っ」

「だめ、ではなく、いい、だ」

「ぁ…ァ……っ、あッ……ぁ…あ、あ、ァ……いぃ…っ……いイ……ッ――！」

抜き挿しされ、抉られ、また突き上げられ、高く淫らな声が止まらない。

快感が強すぎて怖いぐらいなのに、性器を扱く手を止められない。ヴィストルの肉を食《は》んでいる後孔は穿たれるたび悦ぶようにそこをきゅっと締めつけ、埋められているものを貪欲にしゃぶることをやめない。

「ぁ……っ…閣下……っ閣下……っ――」

体奥を穿つ肉の熱さと猛々しさ、そして見下ろしてくる双眸の冷たさと鋭さに、快感とも恐怖ともつかない慄きが爪先まで突き抜けた次の瞬間――。

「あ、あ、ん…あ、あァ……ッ！」

高い声と共に、リーンの性器から快感の証《あかし》が溢れる。

直後、その腰をグッと摑まれたかと思うと、埋められているものに奥まで犯され、身体の中の深い部分にヴィストルの熱い精液が激しく叩きつけられるのを感じた。

灼熱の感覚にリーンの身体はびくびくと痙攣《けいれん》する。

ややあって、ずるりと引き出されるヴィストルの肉。

彼はまだ息を乱したままぐったりとシーツに沈み込んでいるリーンから身を離すと、慣れた様子で身を清め、身支度を整え、「仕事は終わった」というように部屋を出ていく。

潤んだ瞳でその背中を見つめながら、リーンは唇を噛むことしかできなかった。

◆
◆
◆

「ん……」

目が覚めると、部屋には日が射していた。朝の陽だ。

それに気付くと、リーンは慌てて身を起こす。だが直後、顔を顰めて低く呻いた。

「い……た……っ」

裸のままの身体のあちこちが痛い。節々が変に軋《きし》んで、上手く動かせない。

「くそ……っ」

その痛みは、自分の身に起こったことを思い出させる。リーンは毒づくと、ぎゅっと奥歯を噛み締めた。

思い出すと、屈辱感で胸が焼ける。

あんな男に思い通りにされてしまったなんて。

確かに結婚するとは言ったけれど、まさかその言葉が終わるか終わらないかのうちに、部屋に連れ込まれてこんなことになるなんて思わなかった。

「……」

広いベッドの上、リーンはぎゅっと膝を抱えると、はーっと大きく息をついた。

なんでもない、と自分に言い聞かせる。

こんなことはなんでもない。

結婚すると言ったのは自分なのだ。これでメリアが自由になれたならそれでいい。

そして再びはーっと息をつくと、何か着るものを……と辺りに目を向ける。

次の瞬間、

「あ、そうだ……ムー！」

リーンは自分のコムのことを思い出した。

そう言えば、ムーはどうなっただろうか。すっかりはぐれてしまった。

この城は彼にとっても初めての場所だ。きっと心細い思いをしているだろう。早く探して見つけなければ。

だが、辺りを見ても服がない。

「どこだよ……」

リーンは焦《あせ》りながら周りを見回す。

そうしているうち、リーンはこの部屋の豪華さに気付きはじめた。

昨日は周りを見る余裕なんかなかったが、改めて見てみれば気圧《けお》されるほどの豪奢《ごうしゃ》さだ。

床は光るほどに磨《みが》かれた木材。それも三種の色の違う木を使って幾何学的な模様を描いた美しいものだ。部屋の三面の壁の下部には床に使われている木材のうち一番色の濃いものが使われているようで、色の調和が目に優しい。上部には深紅の布が張られ、天井との境目にはこの家の紋章なのか丸いレリーフがいくつも塡《は》め込まれている。

そしてベッドから見た右側の壁には、リーンの身の丈以上もある大きな絵が飾られている。神々たちが色鮮やかに描かれた天井からつり下がるシャンデリアは寝室用だからか、さほど大きくはないものの、まるで中空に花が咲いたような繊細な優美さを湛《たた》えている。

今いるベッドだって、天蓋から下げられている毛織カーテンに施された細かな刺繍《ししゅう》や、惜しげもなく使われている金糸や銀糸の量を見るだけで、想像もできないほど高価なものなのだと知れる。

触れているシーツもとろけるような感触で、できるならいつまでもここにいたいと思うほどだ。

ランプや椅子といった調度も、この部屋に置かれて見劣りしないものばかりで、リーンは今更ながらに公爵の財力と公爵家の歴史の重みを感じずにはいられなかった。

まるで古《いにしえ》の物語の中に迷い込んでしまったかのような美しく歴史ある部屋。

「……そ、それより服、服」

その魅力に気付かぬうちに捕らわれかけていたリーンは、はっと我に返ると慌てて服探しを再開する。

シーツを身体に巻きつけると、ベッドから降り、隣の部屋へ続いているらしいドアをそっと開けてみる。するとそこには大きな衣装掛けがあり、服があった。

サイズからしてヴィストルのものだろう。

勝手に着るのはまずいだろうか。

それに、あんな男の服なんて着たくない。

しかし自分の服はなく、ほかに選択肢はない。

仕方なく、リーンはそこにある中で一番簡素な服を手に取り、身につけていく。

簡素、とはいえさすがにヴィストルの服だからか、袖を通すとその着心地は格別だ。

やはりサイズは合わないが、これでなんとかなった。

「よし」

リーンは頷くと、そのまま部屋を出る。

するとその途端、

《リーン！》

どこからかムーの声が聞こえた。

足を止め、首を巡らせて探そうとした次の瞬間、

《リーン！　リーン！　リーン！　リーン！》

悲鳴のような声と共に、ムーが廊下に置かれている花瓶の陰から、ぴょんと飛び出すように姿を見せた。

「ムー！」

《リーン……ッ》

しゃがんだリーンの胸元にしがみついてくるムーは、すっかり怯えている。

「ごめん……」

リーンはムーの背を支え、撫でてやりながら、心から謝った。

「ごめん、寂しくさせて。怖かっただろう?」

リーンが言うと、ムーはこくこくこくこくこくこくとものすごい勢いで頷く。

《お、おおきなくろいのから、ずっとにげてたんだ。こわかった……っ》

見知らぬ場所で、一匹で、あの黒い獅子から逃げていたというのか。

リーンは胸が痛くなるのを感じると、ムーをぎゅっと抱き締めた。

「ごめん、ムー。もう大丈夫だ。ずっと一緒だからな」

《はやくかえる～! イヤだよこんなところ～!》

しかし、その言葉にはリーンは応えられなかった。

帰りたいのはリーンも同じだ。だがメリアの自由と引き替えにヴィストルとの結婚を約束してしまった。となれば、彼が自分を帰すはずはないだろう。

だがそんなことなど知らないムーは、《かえろう? かえろう?》と繰り返す。

リーンがどう説明しようかと考えかけたときだった。

《ひゃっ!》

突然ムーが悲鳴を上げたかと思うと、リーンの服の胸元に滑り込んだ。

しかも奥へ奥へと入っていく。

「ちょっ…ム、ムー!?」

いつにないその様子に、リーンが慌てたとき。

「起きたのか」

声がしたかと思うと、黒い獅子を伴ったヴィストルが姿を見せた。

(だからか……)

リーンはムーが隠れたことに得心《とくしん》しつつ立ち上がると、ヴィストルを睨む。

だがヴィストルは顔色一つ変えず「なんだその顔は」と嘲るような声音で言った。

「初夜の後だぞ。そう気を荒くすることもあるまい」

「な、何が初夜ですか！　それより僕の服はどこですか！」

「あんなものは捨てた。破れていたし、なによりお前に似合っていない」

「破ったのはあなたでしょう!?」

「とにかく捨てた。それより、お前は何をしていた」

「何って…さ、さっき起きたばっかりですけど。それがなんですか」

「そうか。ならばまだ誰とも会っていないわけだな」

「だから、それがどうかしたんですか」

「来い」

そう言うと、ヴィストルは昨夜同様、有無を言わさずリーンの腕を取り強引に引っ張る。

「な——何するんですか！　何考えてるんですか！　こんなまだ日の高い時間から！」

慌てて、リーンは声を上げる。だがその声に返された言葉は、思ってもいなかったものだった。

「何を言っている。期待させて悪いが、今から行くところは『そういう』場所じゃない」

「え……な……」

そしてヴィストルは真っ赤になるリーンを伴い一つの部屋へ入ると、そこでは一人の初老の男が机に向かっていた。

「——公爵さま。こんなところまでどうなさいましたか」

「ナルダン、城に仕える者たちを大広間に集めろ。至急にだ」

ヴィストルが言うと、男は心得ていたかのように「かしこまりました」と頭を下げ、早々に部屋をあとにする。おそらく執事なのだろう。

「いったい、なんなんですか」

戸惑いながら尋ねるリーンに、ヴィストルからの答えは簡潔だった。

「お前がわたしの花嫁だと、城の皆に伝えておく」

「え……」

だが、リーンは一瞬何を言われたのかわからず、一度、二度、とヴィストルの言葉を反芻《はんすう》する。

やがて、真っ赤になったまま大きく頭を振った。

「な、な、何言ってるんですか!?　こんな格好なのに！　それに、僕は男で……っ」

「服はわたしの服だ。何も問題はない。男であることも問題ないと言っただろう」

「でも……っ」

「確かに多少は好奇の目で見られるだろうが、そのぐらいのことは承知の上でわたしに嫁いだのだろう？」

「っ……」

言い返しようのないヴィストルの言葉に、リーンは唇を噛んだ。

だが平静を装うと、リーンはヴィストルを見つめ、改めて口を開いた。

「わかりました。でも、その前に確かめたいことがあります」

「ほう？　わたしを相手に確認とは、随分《ずいぶん》思い上がったものだ。だが特別に許してやろう。お前の純潔の代償だ。それで？」

「メリアの……妹のことです」

「……」

「本当に――本当にもう大丈夫なんですよね？　メリアはあなたのもとに嫁ぐことはないんですね？」

「ああ――ない」

「そのことで周りの人たちから何か言われたり……そういうことは……」

「他人の噂話にまで立ち入ることはできぬな。だがこの婚姻話はごく限られた者しか知らぬはずだ。となれば、噂話が出れば、その出所は容易に知れる。その状況下で、わたしの婚姻話を楽しむ度胸のある者がそうそういるとは思えぬ」

「……」

ということは、噂になることもない…ということなのだろうか。

(よかった……)

リーンはほっと胸を撫で下ろした。

よかった。これで報われる。せめて妹だけは助けられた。

しかしそう実感すると、今度は新たな問題が湧き上がってきた。

「それから…これはお願いなんですが、一度、家に帰らせてもらえませんか。大学の授業にも行きたいです」

すると、ようやくヴィストルはリーンに目を向けてくる。微かに眇められた双眸は、不機嫌そうな気配だ。

たじろぎそうになりながら、リーンは続ける。

「逃げるつもりはありません。ただ、家を出たきりなので事情の説明をしておきたいんです。それに、大学の授業は学生がいます。休むわけにはいきません。週に二度授業をしに行くことをお許し下さい」

しかし、そんなリーンに返ってきたヴィストルの口調と言葉は冷たいものだった。

「必要ない。お前の家へはわたしから使者を使わした。大学についてもわたしが休む旨を伝えておく」

「そんな！」

リーンは声を荒らげた。

「自分の口から話します！　それに、急に休むなんて、そんな無責任なことはできません！」

「そこまで騒ぎ立てるほどのことを教えているのか？　ナルダンに調べさせたところでは、たかが詩や小説の授業だろう」

「あなたにとってはたかがでも、僕にとっては大切な仕事です。学生たちを困らせるわけにはいきません。僕一人の問題じゃないんです！」

「わたしのやり方に注文をつけるか」

不快そうに言うと、ヴィストルは睨むように見つめてくる。

その威圧感に気圧《けお》されながらも、リーンは言い返した。

「い、言いたいことは言うつもりです。結婚するとは言いましたけど、奴隷になるとは言ってませんから」

「自分の置かれている立場がわかっていないようだな。なんなら、大学に連絡してお前を辞めさせるように計らってもいいが」

「そんなことしたら軽蔑します」

「お前に軽蔑されたところで、わたしは痛くも痒くもない」

「っ…と、とにかく一度家に帰らせて下さい！　父とメリアに話をして身の回りのものを纏めたら必ず戻ってきます！　それから大学とも直接話をさせて下さい。休むにしても、学生たちにちゃんと話をしてからにしたいんです！」

リーンは声を上げる。だが、ヴィストルからの応えはなく、彼は「行くぞ」と一言言うと、大広間へと歩きはじめる。

やがて、辿り着いた大広間には、百人以上の使用人が待っていた。

男も女もいれば、まだ少年のような子どもも、年取ったものもいる。

「集まりましてございます」

その中の一人、さっきナルダンと呼ばれた初老の男がヴィストルにそう言うと、彼は鷹揚《おうよう》に頷き、ゆっくりと口を開いた。

「皆に伝えておく。わたしは昨夜この者を花嫁に迎えた。名はリーン。今後は心に留め置くように」

「畏まりました」

すると、一斉に使用人たちが声を揃え、頭を下げる。

リーンはその様子に、戸惑わずにいられなかった。

自分はそんなに大した立場ではないと、結婚などただの身代わりの結果なのだと言ってしまいたくなる。

しかも、気が付けばあちらこちらから、ちらちらと見られている気がする。

好意的とは言い難い視線。じろじろ見るような、自分たちの主人である公爵と結婚した男がどんな相手なのか確認するような視線だ。

予想していたものの、不躾《ぶしつけ》なそれに耐えられず、リーンは俯いてしまう。

だがこれではヴィストルの思う壺だ。

昨日あれだけいいようにされた上、ここでも彼を楽しませるのかと思うと、癪《しゃく》で堪らない。

リーンはぎゅっと拳《こぶし》を握り締めると、顔を上げ、前を見据えて口を開いた。

「わけあって、こ、こちらへ参りました。いつまでいるかはわかりませんが、これからどうぞよろしくお願い致します」

そしてばっと頭を下げると、部屋にはさっきまでとは違う、戸惑っているような空気が流れはじめる。

そんな中、ヴィストルだけは表情を変えず、「用は終わりだ」と使用人たちに告げると、ナルダンにリーンの食事のことを言付け、どこかへ行ってしまった。

◆

「どうぞ、こちらへ」

リーンが案内されたのは、見たこともないほど広いダイニングルームだった。

高い天井と大きなテーブル。

初めての場所に戸惑うが、ナルダンは「すぐに食事係が運んで参ります」とだけ言うと、いなくなってしまう。

ほどなく、食事が運ばれてきたものの、それ以外は誰も姿を見せないままで、仕方なく、リーンは一人で朝食を食べはじめた。

実家での簡単なものと違い、何種類もの野菜と果物にパン、卵の料理に肉。スープも三種類だ。迷うほど種類がある上、どれも絶品の味だが、リーンはまるで砂を食べているような感覚だった。

(仕方ないけどさ)

無言のままもぐもぐ食べながら、リーンはパンくずを少し床に落としてやる。

それに気付いたムーが胸元から滑り降り、足下で食べはじめた。

「美味しい？　ムー」

《うん！　おいしい！　でもはやくかえろうよ》

「僕もそうしたいのはやまやまなんだけどね……」

《かえらないの？》

「…………」

《かえれないの？》

「多分ね」

はーっと溜息をつくと、それでムーも何かを察したのだろう。

ふっと口を閉じ、もぐもぐと無言で食べ続ける。

「……ごめんな」

リーンが言うと、ムーは食べながら首を振った。

こんなときは【コム】という存在に本当に感謝せずにいられない。

一人だったら、きっともっと心細かっただろう。

「よし――じゃあ、食べ終わったらちょっとこの屋敷の中を探ってみようか。何か面白いものがあるかもしれないし、公爵に会って話したいこともあるしさ」

《はなし？　でもあの人のそばには、くろいのがいるから……》

「あの黒いライオンって、公爵のコムなんだろうね。あんなの、初めて見たよ」

リーンは、最初にヴィストルに会ったとき、彼の傍らで優雅に寛いでいた獅子を思い出しながら言う。

貴族の子弟はコムを持っているから、リーンも子どものころから友達の色々なコムを見た。可愛いもの元気なもの、大きなもの小型のもの、様々だった。

だがあれほど迫力があるコムは初めてだ。獅子をコムにしている者など見たことがない。

さすが公爵というべきか…それともあの男だからというべきなのか。

闇公爵が従える漆黒の獅子。似合いすぎだ。

あの迫力のあるコムではムーが怖がるのもわかる。ひょっとしたら、今まで死んだ花嫁も、あのコムに……。

(まさか)

さすがにそんなことはないだろう、とリーンは首を振る。

そしてリーンは両方のほっぺたをパンくずでいっぱいにしているムーを抱え、膝の上に乗せると、「大丈夫だよ」と安心させるように優しく言った。

不安そうに見上げてくるムーに微笑み、リーンも果物を食べる。瑞々《みずみず》しい甘みが舌に広がり、少し元気を取り戻せた気がした。

望んだわけじゃない、身代わりの結婚。強引で愛なんて欠片もなくて、恥ずかしくて屈辱的だった初夜。

でも、それで守れたものもある。だったら後悔して下を向くのはなるべくやめよう。いずれは公爵が飽きるかもしれない。そのときすぐにここをあとにできるように、とにかく元気でいなければ。

(弱ってたら、もし何かあったときに対処できないかもしれないし)

次々と死んだという噂の、今までの四人の妻たち。五人目になるのはまっぴらだ。

リーンは果物を食べながら、自分を励ますように胸の中でそう呟いた。

◆
◆
◆

リーンのために用意された部屋は、ヴィストルの寝室――つまり昨日彼とあんなことになった部屋からほど近いところにあった。

窓からは庭が見え、広さも充分。いや、充分すぎると言えるだろう。

公爵の配偶者――それも正妻用の部屋だ。

城に来てから二日後の夜。リーンはその広い部屋に設《しつら》えられた年代物の机で手紙をしたためると、小さく綺麗《きれい》に折り畳み、封筒に入れ、封をした。

「よし……と」

できた、と呟くと、

《リーン、よういできた？》

ムーが足下に身をすり寄せてくる。

「できたよ」

リーンは頷くと、ムーを抱え、膝の上に乗せた。次いで今封筒に入れた手紙を、細い紐でムーの身体に巻きつける。

頭の中では、昨日のヴィストルの言葉が何度も繰り返されていた。

一度家に帰りたいとリーンが希望したときの、容赦のなかった彼の口調。あの口ぶりでは、絶対に屋敷から出ることを許してくれないだろう。

ならば、せめて、手紙だけでも届けたい。

ヴィストルは使者を送ると言っていたが、自分の言葉で父やメリアに説明しておきたいのだ。

二人を不安にさせないためにも。特にメリアに余計な心配と負担をかけないためにも。

そして同時に、おとなしくヴィストルの言いなりになりたくない気持ちもあった。

(結婚はしても、僕はあいつのものじゃないんだから)

リーンは胸の中で呟くと、封筒を巻き終え、ムーにその具合を確かめる。

「大丈夫? きつくない? 緩くない?」

《だいじょーぶ》

胸を張るムーに微笑むと、リーンはそっとムーの頭を撫でた。

時計を見れば、深夜月《しんやづき》の時刻。いい時間だ。

リーンは「そろそろ行こうか」とムーを抱え、灯《あか》りを手にそっと部屋を出た。

今夜は、このまま外に出て、ムーを放す計画だ。

この城は、夜になると全ての門が閉まってしまう。そのため自由に出入りすることはできなくなるのだが、周囲の森との境目の草深い数ヶ所は、城壁や扉ではなく木の柵で区切られている。人間では到底通れないが、ムーなら通れる程度の隙間が空いた柵で。

リーンはなんとか誰にも見られず外に出ると、城壁の方へと向かう。

そのまま壁伝いに歩いていると、やがて、今は閉じられている大きな門が見える。その前を通り過ぎ、さらに歩いていくと、やがて辺りは灯りもなく草だらけになり、ついに木でできた柵らしいものが見つかった。

この向こうは森だろう。

「よし！」とリーンが声を上げた次の瞬間。

《ぴっ！》

懐《ふところ》に入れていたムーが、びくりと慄く。

「ムー!?」

思わず立ち止まったリーンの耳に聞こえるのは、ガサッガサッという草の束が擦れるような不規則な音だ。

しかも音は、背後から段々と近付いてくる。

リーンは息を詰め、手にしている灯りを掲げて目を凝《こ》らす。

数秒後、リーンはヒッと息を呑んだ。

闇の中から姿を見せたもの。それは、いつもヴィストルの側に従っている、あの黒い獅子だったのだ。

（ちょっ、ちょっと待てよ……）

獣の香りと息の音に、リーンは震えながら後ずさった。

懐の中のムーも、ぶるぶる震えている。

リーンはごくりと唾を飲むと、またじりっと後ずさった。

逃げたいが、背中を見せたら飛びかかってこられる気がして動けない。だが逃げなければいきなり咬みつかれそうだ。

（だいたい、どうしてこんな時間にこれがここにいるんだよ！）

ただの散歩だろうか。それとも、城の見回りでもしているのだろうか？

こんな時間にこんな場所にいる自分たちを、この獅子はどう思っているのだろう。ヴィストルのコムである、この獅子は。

（ひょっとして、このままここで食い殺さ――）

まさか、とリーンは首を振るが、膝はガクガクと震えはじめている。

（どうすれば……）

リーンは獅子と見つめ合ったまま、この場からなんとか逃れる方法を探す。だが恐怖のせいか

焦っているからか、何一つ思いつかない。

しかし、そうして睨み合った数秒後。

獅子はフッと顔を逸らすと、また闇の中に消えていく。

「はぁぁ～……」

その姿が完全に見えなくなると、リーンは大きく息をついた。

「びっくりさせるなよ……」

焦ったなんてものじゃない。ここで死んでしまうかと思った。

胸の中を見れば、ムーは涙目になっている。

「ム、ムー!? 大丈夫？」

《う～～～～～》

「もういないよ。いなくなったから！　もう大丈夫だから」

《もうイヤだ～おうちに帰ろうよぉ～》

「……」

泣いているムーを宥《なだ》めたいが言葉が出ない。

ひとまず灯りを足下に置くと、胸元から取り出し、ぎゅっと抱き締めた。

「大丈夫だよ。もういない。でももし…どうしてもあのライオンが怖くて堪らないなら、手紙を届けたらそのまま家にいるといいよ」

《!? リーンとはなれるの!?》
「離れるっていうか……」
《はなれたくないよ！ ヤだ！》
「僕も離れたくないよ。でもこんなに怖がっているムーに『ここにいろ』とは言えないよ」
見つめて言うと、ムーは涙の溜まった瞳でじっと見つめ返してくる。ややあって、目元をごしごし擦ると、
《だいじょーぶ！》
まだ潤んだ瞳のまま、声を上げた。
《だいじょーぶ！ こ、こ、こわくなんかないよ！ だから、戻ってくる！》
「ムー……」
《てがみをとどけたら、すぐもどってくる！ だから、まってて！》
「う、うん。でも無理は――」
しないで、と言いかけたが、ムーは《いってくるね！》と言い残すと、リーンの手からぴょんと飛び降り、柵の隙間から駆け出していく。
夜闇と森の木々に紛れてすぐに見えなくなったその小さな身体を見送ると、リーンは再びふーっと息をついた。
なんとか手紙は出せた。でもムーは大丈夫だろうか。

「それに……」

リーンは獅子が去っていった闇を見つめた。

コムはその持ち主と繋がっている。今夜リーンがここにいたことは、ヴィストルにすぐに伝わるかもしれない。

もし伝わって咎《とが》められたら…どうすればいいだろう。

見つかってしまった以上、もう取り返しがつかないけれど。

リーンは、目的を果たせた安堵《あんど》とも、ヴィストルに知られるかもしれない不安ともつかない溜息をつきながら、一人で部屋へ戻る。

すぐにベッドに入ったけれど、よく眠れなかった。

◆

しかしいつヴィストルに咎められるかというリーンの心配は、翌日になってもその次の日になっても、具体化しなかった。彼からは何も言われなかったからだ。

ということは、彼のコムが何も言わなかったということだろうか。それとも、彼とコムとはそこまで通じ合っていないのだろうか？

だが何にせよ、ばれていないなら幸いだ。

朝食を一人で食べながら、ほっと胸を撫で下ろす。

これで実家の方は大丈夫だ。あとは大学の問題だ。

「また授業に行くのは無理…なのかなあ……」

ここから出るからといって、逃げるつもりなんてない。自分の授業を楽しみにしてくれている学生に義務を果たしたいだけだ。けれどヴィストルのあの口調では、城から出るのは難しそうだ。

ふうっと溜息をついたとき。

「まだ食事中か」

今頭に思い描いていた張本人、ヴィストルがダイニングに入ってきた。

「！」

全身が一瞬で緊張する。

食事の手を止め、恐る恐る顔を向け、「そうですけど……」と応えると、すぐ側までやってきたヴィストルはリーンを見下ろして言った。

「お前に伝えておく。明日は人が来る」

「人……？」

わざわざどういうことだろう、とリーンが聞き返すと、ヴィストルは続けた。

「仕立屋だ。お前の服を作る」

「ぼ、僕の服なんていりません！　だから実家に行って取ってくれば――」

「お前を花嫁として娶ったことで、来週王都から使者が来る。婚姻の確認と許可だ。こちらは形式的なものだが、その折には花嫁披露の舞踏会を開くのが習わしだ。明日はその際のお前の服をあつらえる」

「…………」

「花嫁の服だ。わたしがあつらえるのが習わしだ。ついでにお前の普段の服もわたしが揃える。お前が以前から持っていた服など必要ない」

「そん……」

「必要ない。お前はいい加減に誰のものになったのかを自覚するべきではないのか?」

冷たい声で言われ、リーンは押し黙った。

妹のメリアを守るためだと思っていた結婚。

ヴィストルも交換条件のように簡単に言ったから大して気にしていなかったけれど、こんなに大ごとになるとは思わなかった。

だが、そういう決まりなら従わなければならないだろう。公爵に恥をかかせるわけにはいかない。

「わかり……ました……」

リーンが言うと、公爵は満足したように頷く。しかし立ち去りかけたところで、

「ああ——そうだ」

ふと立ち止まった。

「そう言えば、昨日からお前のコムを見ないが」

振り返って言うヴィストルに、リーンの身体に再び緊張が走る。

何か言わなければと思うのに、言葉が出ない。

「え…えっと……ムーは……その……」

焦れば焦るほど声が出せずにいると、ヴィストルはそんなリーンを眺め、しかしそれ以上は何も言わずに部屋を出ていく。

足音が聞こえなくなると、リーンは、はーっと息をついた。

「もう……なんだよ……脅かすなよ！」

ばれたかと思って背筋が凍った。

あれ以上何も言われなかったということは、やはりヴィストルとあの獅子との繋がりはそう強くないらしい。

それとも、獅子が見逃してくれたのだろうか。

もしくは、ヴィストルが。

（まさか）

もし彼が一昨日の夜のことを知ったなら、きっともっと詳しく問いつめられたか、きつく冷たい言葉をぶつけられただろう。あの男が見逃してくれるわけがない。

「それにしても、お披露目《ひろめ》かあ……」

思い出すと、肩が落ちた。

公爵の結婚ともなれば仕方のないことなのかもしれないが、また大勢の人の前に出るのかと思うと気が重い。

この城の人たちにさえ、いまだに奇異の目で見られ、受け入れてもらえていないのに。

その上王都からの使者に会ったりお披露目されたりしなければならないなんて……。

「仕方ない――か」

リーンはしばらく天井を仰いだものの、やがて、覚悟を決め、息をつく。

結婚という選択をしたのは自分だ。それに、自分がヴィストルと結婚しなければ、メリアがこんな思いをしていたかもしれない。男女の違いはあるとはいえ、もし妹が「公爵家の財産目当ての結婚」と周囲に思われていたらと考えると、白い目で見られるのが自分でよかったと思う。

そう言えば、ムーは無事に家に着いただろうか。託した手紙を、父やメリアは読んでくれただろうか。

何事もなければ、今日の夜には帰ってこられるはずだが、帰ってくるだろうか。

大切なコムのことを、そして、数日離れているだけなのに、もう随分長い間離れている気がする家族のことを思い出しながら、リーンは食事を再開する。

美味しいもののはずなのに、味がしなかった。

◆　◆　◆

「では生地はこれとこれとこれでお作り致します。お色はこちらとこちらでよろしかったでしょうか」

「ああ」

「畏まりました」

翌日、リーンはヴィストルと共に、彼が呼んだという仕立屋と対面した。

リーンの父親と同じくらいの歳のその男は、小柄だが愛想がよく、てきぱきと作業を進める。

彼は、公爵家の大きな式典や婚礼の際に衣装をあつらえてきた、言わば「公爵家御用達《ごようたし》」の仕立屋らしい。

そのため、持ち込んできた織物の質や種類もかなりのもので、リーンはそれを目にしただけで、自分が今まで育ってきた環境と公爵家との違いを感じずにはいられなかった。

そのせいか、ヴィストルに「お前の希望は」と尋ねられても何も答えられず、結局彼が全てを決めてしまった。

衣装について積極的になれなかったせいもある。

仕方ないとは思いつつも、「できあがった衣装を着て大勢の人前に晒《さら》されるのだ」と思うとどうしても乗り気になれなかったのだ。

そんな重たい気分の中、いくらか心を軽くしたのは、昨日の夜遅く、帰ってきたムーがメリアからの手紙を携えてくれていたことだろうか。

それによれば、「使者を出す」と言っていた通り、公爵は既に実家に人を使わして、リーンがメリアの代わりに城で花嫁として暮らしていることを説明させたらしい。但し簡潔な説明だったため、メリアは当初「自分のせいで」と狼狽えていたようなのだが、リーンの手紙を読んだことで随分落ち着いてくれたようだ。

それはよかったと思うし、ムーが無事帰ってきたことにもリーンはほっとしていた。

今は疲れて部屋で眠っている小さな友達のことを思い、リーンはそっと笑みを浮かべる。

森の中を走ったからか、帰ってきたときは全身葉っぱだらけだったが、元気に《ただいま!》と声を上げて、どこか誇らしそうにメリアからの手紙を渡してくれたムー。

(起きたら、大好きなノコノコの実や好きなものをいっぱい食べさせて、一緒に遊んでやろう)

そう思ったときだった。

「では、採寸にとりかかると致しましょうか。おく、奥方さま、どうぞこちらに」

顔に笑顔と緊張を張りつかせた仕立屋が、巻き尺を片手に目を逸らし気味にして言う。何度も衣装を作っている仕立屋であっても、男の花嫁は初めてなのだろう。

リーンは地味に傷つきつつも、言われた通りに立ち上がる。しかしその直後、隣に座っていたヴィストルも立ち上がった。

「それはわたしがやる」

そして短く言うと、仕立屋に向けて手を差し出す。巻き尺を渡せということだろう。

仕立屋は一瞬だけぽかんとしたものの、慌てて「は、はい」とそれを渡した。商売道具だろうに、公爵に否を言うことなどあり得ないと言わんばかりの素早さで。

「畏まりました。ではわたくしは……ええと……」

「その辺りで待っていろ。すぐに済む」

「は、はい」

しかしリーンは戸惑わずにいられなかった。

ヴィストルが採寸を？

（なんで）

（公爵さまがなんでわざわざ）

（だいたい、できるのかよ）

まじまじと見つめてしまう。

が、ヴィストルは落ち着いた様子で巻き尺を弄《もてあそ》ぶと、

「脱げ」

短く言い、軽く顎をしゃくってみせる。

「ちょっ、ちょっと待って下さい」

慌てて、リーンは声を上げた。

「そんなこと、できるんですか？」

「わたしに出来ないことはない」

「でも専門の人が……」

「わたしが今まで何度採寸されたと思っている。どうすればいいのかなどよくわかっている。さっさと脱げ」

「ぼ、僕が経験した採寸は別に脱がなくても——」

「わたしを待たせる気か」

唸《うな》るような声に、リーンは助けを求めるように仕立屋を見る。が、彼はヴィストルに逆らうことなど考えもしないのだろう。こちらを見ないように背を向け、部屋の隅で壁を見つめて手持ちぶさたそうにしている。

「——脱がされたいのか？」

するとリーンの耳に、一つ低くなったヴィストルの声が届く。

「……自分で脱ぎます！」

仕方なく、リーンは上半身に纏っていたものを全て脱ぎ落とした。

(いったいなんなんだよ!)

胸中で呟いたときだった。

「コムは無事に帰ってきたようだな」

すぐ側から声がした。

はっと顔を上げかける寸前、「動くな」と低く言われ、リーンはびくりと動きを止めた。

心臓が、ドキドキしはじめていた。

「なん…なんですか、それ……」

「わたしが何も知らないと思ったか」

「っ……」

前に立つヴィストルが、手にしている巻き尺を伸ばす。冷たい感触が、胸元を横切る。

胸の突起を掠める巻き尺のむず痒さに身を捩りながら、リーンは努めて穏やかに言葉を継いだ。

「その…どうしても家のことが気になったので」

「わたしの言葉は聞けないようだな」

その瞬間、ヴィストルはまるで鞭を振るかのように手首をしならせ、胸元にあった巻き尺はピッと両方の乳首を弾いていく。

「ア!」

その刺激に思わず身を屈めた瞬間、首に手がかかった。

大きく冷たい手の感触に、背中が冷たくなる。

「も――もうしません…から……」

「当然だ。本来なら一度目もないところだ」

「え……」

じゃあどうして今回は、と尋ねる前に、首から手は離れ、くるりと身体を反転させられる。

肩から肩を繋ぐように、巻き尺が伸ばされる。仄かに伝わってくる体温。

不思議なことに、背後に立たれた方がその近さがよりはっきりわかる。

鼻先を掠めるのは、覚えのある香りだ。あの夜も感じた香り。昼間ではなく夜を想像させる香りだ。重く濃厚で、深く昏いところへ連れていかれるような、官能的な甘い香り。

(っ――)

その途端、あの夜のことが思い起こされ、身体が反応した。

「！」

慌てて身を捩ったが、その不自然な動きで気付かれたのだろう。

腕の長さを測ろうとしていたヴィストルが、動きを止める。

「っ…ちが…っ…あの…これは……」

振り返ったリーンは、慌てて言葉を継ぐ。だが、自分でも何を言っているのかわからない。頬が熱い。

「い、いいからとにかく早く終わって下さい！」

仕立屋もいるのに、と真っ赤になりながらリーンは早口の小声で言う。

しかしヴィストルはじっと見つめてくるばかりだ。

まじまじと見られ、ますます頬が熱くなる。

次の瞬間、

「仕立屋」

ヴィストルが声を上げた。

「外に出ていろ。終わったら呼ぶ」

「は……」

「さっさと出ろ」

「は、はいっ！」

そして追い出してしまうと、事態を察して逃げかけたリーンの腕をグッと摑んできた。

「はなっ……」

「そう言えば、初夜から五日ほど過ぎているな」

「な、な、何がですか！」

「我慢ができなくなったか」

「違います！」

「何が違う」

「だか、だから……っ」

言いかけたその瞬間、背後から抱き締められ息が止まる。

腕いたものの強い腕からは逃げられず、それどころか頤を摑まれ強引に振り向かされたかと思うと、そのまま深く口付けられた。

「ん、んんっ——！」

当然のように挿し入ってくる舌は、あの夜と同じように熱い。

指先の冷たさと口内を蠢く舌の熱さ。

そのアンバランスさに翻弄されてしまうせいか、逃げたいのに身体から力が抜けてしまう。

「っふ…っ…ん、ん、んぅ……ん……っ」

舌が絡み合うたび、ピチャピチャと濡れた音が耳の奥で響く。

耳がみるみる熱くなるのがわかる。身体も——先刻勃ち上がる兆《きざ》しを見せた性器もますます熱くなり、服の中でより硬く、大きく形を変えている。

恥ずかしい自分の格好をなんとか隠したくて、リーンは動かない身体を無理に動かし、なんとかヴィストルから離れようとする。

「は……っ」

しかしようやく唇が離れたと思った次の瞬間、

「っァ――ッ……！」

下衣の中に忍び入ってきた大きな手にぎゅっと性器を掴まれ、高い声が迸《ほとばし》った。

不意打ちの快感に、大きく背が撓る。そのままグリグリと揉まれ、痛みと紙一重の快感にビクビクと身体が跳ねた。

「ぁ……っぁ…ゃ……っ」

ヴィストルの手が動くたび、そこから生まれる快感が背筋を震わせる。

「は…なせ…っ……」

恥ずかしいのに腰が揺れ、リーンは耳まで赤くなりながら頭を振った。

こんな姿、見られたくない。

だが身体に絡む腕も性器を掴む手も離れることはなく、愛撫は一層熱を増していく。

そして昂《たかぶ》らされていた性器がじわりと蜜を零しはじめたとき。

「あっ――！」

まるで過日、強引にベッドの上に押し倒されたときのように、乱暴に身体を壁に押しつけられた。

「はな……っ」

壁とヴィストルの身体に挟まれ、リーンは暴れる。だがろくに動かない身体では抵抗らしい抵抗にもならず、逆に、辛うじて纏っていた服を下着ごと引き下ろされた。

「っ……っ」

昼間の部屋の中、一人だけ全裸に近い格好を晒すことになり、リーンは恥ずかしさに声も出ない。しかもヴィストルの指は、無防備なリーンの尻に触れその弾力と質感を確認するように揉みしだくと、躊躇《ちゅうちょ》なくその奥の窄《すぼ》まりに触れてくる。

「ぁ……っ……」

柔らかな部分を撫でるように刺激され、背筋がぞくぞくと震える。

そのままゆっくりと指を埋められると、覚えのある圧迫感に我知らず腰が揺れた。

「っ……く……」

「ここが好きなようだな」

「ちが…っ…やめてくださ……っ…ゃ……ぁ……いや、だ……っ」

「お前がその気になったのだろう」

「なってま…せ……っ」

「物欲しそうな顔をしておいてよく言う」

「そんな顔…してな…っ……あ、あぁッ——!」

穿るように動かされたかと思えば、内壁の感触を確認しているかのようにことさらゆっくりと抜き挿しされ、膝から崩れそうになる。

必死で耐えていると、後孔を穿つ指が二本、三本と増やされていく。奥まで埋められているそれが動かされるたびグチグチと粘膜が音を立て、官能を煽る。

けれど指は一番感じる場所を掠めるばかりで、その焦れったさにリーンはきつく唇を噛んだ。

「は……っ…ぁ……っァ……っ」

嫌だ。でも物足りない。やめてほしい。けれどもっと深くまで欲しい。解放してほしい。でもあの快感が欲しい。

頭の中と胸の中で、相反する想いがぐるぐる回る。

壁に縋るような格好で尻を突き出し、いいように後孔を弄くられている自分の姿がヴィストルにどう見られているかを想像すると、悔しさと恥ずかしさに目の奥が熱くなる。

けれどそれ以上に身体はじりじりと熱を増し、もう引き返せないところまで昂っている。

「っ……ひ…ァ……っ」

届きそうで届かない快感がもどかしい。

過日、溢《あふ》れるほど与えられたあの快感が欲しい。散々弄られ、熟《う》れたように熱を持っているところを、より熱いもので一杯にしてほしい。もう痛いほどに張りつめている性器に触れてほしい。

あとからあとから込み上げてくる淫らな欲望に、肌が粟立《あわだ》つ。けれどそれを口にすることはどうしてもできず、リーンが壁に爪を立てたとき。

「ねだり方を教えてやろう」

耳元で、ヴィストルの声がした。

「お前は物覚えがいいようだからな。もっとも——どうねだられたところでお前を抱くか抱かぬかを決めるのはわたしだが」

そしてヴィストルは、低い声音で淫らな囁きをリーンの耳に落とす。その言葉の淫猥さに、リーンはますます頬を染めた。

「そ…んなの……」

言えるわけがない。

だが首を振っても、振り返って懇願するように見つめても、ヴィストルは冷めた表情だ。いつか見た、冷たいままの双眸。自分だけが昂らされているのだと思い知らされ、リーンは胸が軋むのを感じる。

なのに身体を探る指はますます執拗で、ヴィストルが指を動かすたびに、後孔は「もっと」とねだるようにヒクヒクと蠢く。

「ぁ……っは……あ、あァ……っ」

腰が、膝が震える。全身が慄《わなな》いている。唇からは、今にも声が零れそうだ。

欲しい欲しいと頭の中ではそればかりが繰り返され、こめかみの奥がぎゅっと絞られるような、酩酊《めいてい》するような感覚に翻弄される。

「っ……」

だがそれでも、リーンは声を殺すようにきつく唇を噛み締めた。

身体の奥から繰り返し込み上げてくる膿《う》んだような熱と欲望。けれどそれに流されてこんな男のいいようにされたくない。

リーンはなんとか正気を取り戻そうと、大きく頭を振る。だが次の瞬間、背後から伸ばされた手に胸元を弄られ、その強い刺激と快感に高い声が口をついた。

「ア……っ――」

しかも指は、そのままリーンの胸の突起をいいように嬲《なぶ》る。

乳輪ごと摘《つま》み上げられたかと思えば紙縒《こより》を縒《よ》るように弄られ、立て続けに身体が跳ねた。

身悶えして声を上げるたび、乳首と後孔への愛撫はより濃密さを増していく。

「は…っ……ァ…あァ……っ――!」

頭の中がぼうっとしはじめて、自分の声が遠くに聞こえるようだ。駄目だと思うのに達したい思いだけがぐんぐん高まり、それ以外のことが何も考えられなくなっていく。

「っ…閣下……っ」

突き上げてくる欲に耐え切れず、リーンは、劣情に爛《ただ》れた舌で掠れた声を押し出した。

「お願い…です……っ」

羞恥と屈辱感に涙が滲《にじ》む。

それでも欲しい。もっと深く、大きく決定的な快感が欲しい。

「お願いです……入れ…入れて下さい……っ」

壁に縋ったまま喘ぐように言うと、

「何をだ？」

低い声が耳朶《じだ》を舐める。

喉を反らして震えると、声よりも低い嗤《わら》いが耳を撫でる。

その声のような吐息に、全身がますます熱くなる。リーンは恥ずかしさに涙が零れるのを感じながら、切れ切れに、先ほど教えられた淫らな言葉を継いだ。

「っ……ァ…閣下の、大きな…もので……奥まで、いっぱいにして下さい……っ……」

「……」

「突き上げて…滅茶苦茶《めちゃくちゃ》にして…下さ……っ…ァ…あァ——っ！」

皆まで言い終えるより早く、衣擦《きぬず》れの音がしたかと思うと、それまで指が埋められていた窄まりに、覚えのある熱と質量が叩き込まれる。

「ァ…あ、あ、あッ、あァッ……！」

立て続けに身体が浮くほどに突き上げられ、自分のものとは思えない嬌声《きょうせい》が零れた。

背後から腰を摑まれ、激しく抜き挿しされるたび、肉のぶつかる音が響く。

突かれるたび、頭の芯まで痺れるような快感が背筋を突き抜ける。

「あ…ァ…あ…すご…い…ァ……深ぃい……っ」

散々弄られ、焦らされていた内壁は、そこをぴっちりと満たす熱い肉が埋められた途端、それを悦んで貪っている。

形や血管の隆起までわかるほどに締めつけ、もっと奥へと誘うように蠢く。

「いぃ…っ…ぁ…ァ…い、い……っ」

抜き挿しに合わせるように、腰を揺らすと、快感はますます増す。

昂ってくる射精感に、リーンは自身の性器に手を伸ばした。

だがリーンが触れるより早く、ヴィストルの手に性器を掴まれる。

「あア……っ――！」

溢れた蜜で濡れ、硬くなっているそこを扱かれると、押し寄せてくる快感に頭の中が真っ白になるようだ。

揺さぶられ、突き上げられ、ついに立っていられず、ずるずると壁伝いに崩れ落ちるリーンの身体を、ヴィストルはなお苛む。

腰を抱えられ、一層の猛々しさでねじ込まれると、苦しさは充足感にすり替わり、身体の隅々まで彼にいっぱいにされているかのようだ。

「ぁ…は……っぁ……あ、あァ……ッ――」

床に突っ伏し腰を高く掲げたあられもない格好で、リーンはとろけた声を上げる。

腰が、身体が溶けてしまいそうだ。穿たれ抉られるたび、体奥から込み上げてくる淫らな熱に、飲み込まれて溶かされる気がする。

「閣下……っ」

リーンは上体をねじ曲げた苦しい姿勢で振り返ると、潤んだ瞳で自らを犯す男を見つめた。

だが、見つめ返してくる双眸は冴えたそれのままだ。

愛情も慈悲すらも感じられない昏い瞳。けれどそんな瞳を持つ彼の肉は熱く、彼が与えてくれる快感は深く、より多く求めずにいられない。

するとリーンを見つめてくるヴィストルの形のいい眉が、微かに動いた。

「やはり――お前は覚えがいい」

褒美《ほうび》をやろう――。

そう言うと、ヴィストルはリーンの腰を抱え直し、埋めていたものをゆっくりと引き抜いていく。自分のものではない熱が身体の中をずるずると動く感覚に、リーンがぶるりと背を震わせた次の瞬間、

「っは……！」

背後から激しく腰をぶつけられ、肉同士のぶつかる音と共に深いところまで穿たれる。

うねる内壁の具合を確かめるようにして何度か抜き挿しを繰り返すと、リーンが一番欲しかったところを――一番感じるところを抉るように腰を使い、突き上げてくる。

「あ……っ…あ、あ、あ！　あァッ、あァ……ッ」

「ここがそんなに好きか」

「ん……っん…すき…すき…です……っ」

夢中で頷くと、ただの吐息とも嘲るように嗤ったせいともつかない息音が耳を掠める。

そんな些細な刺激にすら感じて身を震わせると、抽送《ちゅうそう》は一層激しさを増していく。

奥まで深く穿たれるたび嬌声が口をつき、弱い箇所を抉られるたび背中が撓る。

「は……ぁ…や…もぅ…も…っ…あ、あぅ…ア、ィく…っ…あ、あ、あ……！」

込み上げてくる射精感に、腰が慄く。ヴィストルの手の中の性器が、ビクビクと震える。

そしてひときわ深くまで突き込まれ、揺さぶられたその瞬間、

「イけ。許す」

「ぁ…あァ――ッ――！」

低い声と共に目が眩《くら》むような快感が打ち寄せ、一気に攫われる。

ヴィストルの手の中に、床に零れる白濁。

直後、ぎゅっと締めつけたヴィストルの屹立が大きく震え、身体の奥に熱い飛沫が散ったのを感じる。

「は…っ…は……ぁ…っ」

蹲《うずくま》ったまま荒く息を継いでいると、以前同様一言もなくヴィストルが身体を離す。

虚《うつ》ろな瞳でリーンが見上げると、彼の手がリーンの零したもので汚れているのが見えた。

その生々しさにリーンは真っ赤になったが、彼は僅《わず》かに乱れた髪にのみ情事の名残を留めたいつも通りの佇まいだ。

直前までの荒々しさなど微塵《みじん》も感じさせない優雅な動きで床に落ちていたリーンの服を拾い、手を拭うと、そのまま無造作にリーンに投げてきた。

「随分と淫奔《いんぽん》な花嫁だ」

そして微かに笑うと、羞恥に頬を染めたままのリーンの頤をクッと掴んで言った。

「このまま部屋に戻れ。戻ったら今日は一日部屋から出るな」

「……え……？」

「仕立屋には全てわたしが話す。お前はもう下がれ」

「……」

「食事も部屋に運ばせる。わかったな」

「ちょっ、ちょっと待って下さい。どうして——」

「わたしが部屋にいろと言ったら部屋にいろ。黙って従え」

「そ……」

強引さに思わず声を荒らげかける寸前、

「コムを労《ねぎら》ってやる必要があるだろう」

いつものように抑揚のない、冷たい、けれどいつもとは少し違うような気もする声が聞こえた。

「それから――そんな顔で外に出るな。お前のそういう顔を見ていいのはわたしだけだ」

息を呑んだリーンに念を押すように微かに指先に力を込めると、彼は手を離し、背を向けて部屋を出ていく。

「……なんだよ……『そんな顔』って……っ」

ドアが閉まると、リーンは身体にかけられた服を握り締め、ヴィストルの言葉を繰り返し、唸るように言った。

どんな顔をしているのかなんて、自分ではわからない。鏡を見ればすぐにわかるだろう。だがなぜだか見たくない気がした。見ない方がいい気がした。

わかっているのは、気怠くてまだ身体が熱くて、頬がじわりと熱を持っていることだけだ。

「……そう言えば、冷たくなかったな……。指……」

服を着ながら、リーンは独り言のように呟く。

頤に、腰に、身体のあちこちに。ヴィストルの感触が残っている気がした。

◆◆◆

ホールに集まった多くの人たちのさざめきが、楽団が奏でる軽やかな音楽に溶けては漂う。

ヴィストルとリーンの婚礼の宴は、王都からの使者の前での婚姻の署名と短い儀式ののち、厳《おごそ》かな雰囲気を伴って始まった。

リーンは、列を作り次々と挨拶《あいさつ》に来る人たちや、ダンスに興じている人たちからちらちら見られていることを感じながら、居心地悪くホールの上座にヴィストルと共に座っていた。

やってきた人たちの着ているものを見ると、この領地に住む貴族の他、近隣の領地から呼ばれたと思《おぼ》しき者もいる。公爵であるヴィストルの婚礼だからと馳《は》せ参じた人たちなのだろう。

ただ人数が多いだけではなく、参列している人々の格も最上——そんな宴だ。

普段はまず会うことのない人たち。

リーンとの結婚は、花嫁が死ぬという呪いを逸らすため、とおおむね受け取られているようだ。

リーンという正妃がいれば、このあと公爵がめとるだろう妾妃には黒い死の呪いがいかないだろう、というわけだ。とはいえ、男でありながら妻となったリーンには軽侮《けいぶ》の念しかないらしい。

そんな人たちからの好奇の視線を全身に受けていると、「針のむしろ」という言葉が頭に浮かぶ。誰からもまったく歓迎されていない気配だ。

向けられているのは笑顔でも、その裏から、「公爵も酔狂なたわむれを」「男と結婚した男」「公爵家の財産と家格目当てに結婚したに違いない男」という声が聞こえてくるようだ。中には明らかな侮蔑や哀れみの色を浮かべている者もいた。

ホールを満たす棘々しい空気に、不安と悔しさ、そして羞恥を感じつつも、「これも務め」と自分に言い聞かせ、リーンはなんとか花嫁らしい態度でヴィストルの隣にい続ける。

身に纏うその服は、過日、ヴィストルが仕立屋を呼んで作らせ、つい一昨日できあがったものだ。目の覚めるような純白の正絹《しょうけん》で作られたこの国の第一等礼服で、襟元や袖には金糸や銀糸で豪華かつ細やかな刺繡が施されている。そして喉元には、同じく彼から贈られた、リーンの瞳と似た色の、黄麗玉《おうれいぎょく》のブローチだ。子どもの拳大はあろうかというこの貴石のついたブローチを「受け取れ」と渡されたときは「とんでもない」と断ったが、「わたしに恥をかかせたくないならつけろ」と言われれば言い返せず、結局、身につけてこの場へやってきた。

そしてヴィストルはといえば、リーンと対照的に黒一色だ。それは彼の端整な貌をより引き立たせていて、なるべく目立たないようにしたい、と思うリーンの想いを簡単に打ち砕いてくれていた。

とはいえ、こういう場では目立たずにいることなど端《はな》から無理だっただろう。

なにしろ、そもそもが二人の婚姻のお披露目の上、やってきた人は皆、なんとかしてヴィストルと親しくなろうとしている人たちばかりなのだから、その花嫁であるリーンもいやでも巻き込まれてしまう。

しかも二つの椅子に並んで座る二人の間に鎮座《ちんざ》しているのは、あの黒い獅子。その頭の上には、がたがた震えているムーというのが今夜の主役の図だから、とにかく目立ってしまうことこの上ない。

（こんなの早く終わればいいのに）

「奥方さまもおめでとうございます」と決まり文句で挨拶されるたび、胸の中で呟いてしまう。

知らず知らずのうちに俯いてしまうと、

「――顔を上げろ」

隣から声が届いた。

「お前はわたしの花嫁だ。顔を上げて前を向け」

「わかってます」

リーンは言い返すと、二人の間にいるムーに小声で「大丈夫？」と声をかける。

ヴィストルのコムであるこの獅子をなにより怖がっているムーに、本当ならこんなことはさせたくなかった。だからリーンはヴィストルに、お披露目のときはコムなしで、と提案したのだが、「正式なものなのだから当然コムも同席だ」と押し切られてしまった。

近くに獅子がいるだけで怖がっていたムーが、今、どれだけ不安で怯えているかを思うと、胸が痛む。せめて少しでも元気づけようと、さっきから何度も声をかけているが、ムーからの返事はなくただ震えているばかりだ。

（あとどのくらい、ここにいなきゃならないんだろう）

いっそ具合でも悪くなれば、嫌な空気の充満したここから抜け出せるだろうに……。

そんなことを考えていると、

「あれ……？」

気付けば、それまでよりも多くの人たちがダンスに興じているのが見える。

今までは話し声の邪魔にならない程度だった音楽も、なんだか大きくなっている。

歌うことが好きなムーもそれを感じたのだろう。

今までは怖さに震わせていた身体を、音楽に合わせるようにして揺らしはじめる。

すると、ムーを乗せているライオンも、ムーに合わせるかのようにゆっくりと身体を揺すりはじめた。

最初こそそれに戸惑っていたムーだが、揺れるのが心地好いのか、なんとなく嬉しそうな表情を浮かべている。

その表情に、リーンはまるでコムに裏切られたようなショックを受けた。

人がいっぱいの広いホール。大きなシャンデリアから零れる光は眩《まぶ》しく、キラキラ輝いている。

けれどそんな華やかな場所でも、自分の味方は一人もいないのだ。表向きは公爵の花嫁への敬意を示している人たちも、リーンを見る瞳には軽蔑が混じっている。

だから自分には、ムーしか仲間がいないのに。

「ムー、何やってるんだよ」

思わず、小声でムーを注意したときだった。

「リーン」

ヴィストルが、リーンを呼ぶ。

瞠目した。名前を呼ばれたのは最初に会ったとき以来だ。

奇妙にざわつく胸を無理矢理宥め、なんだよ、とヴィストルを見ると、立ち上がった彼からさっと手が差し出された。

「……」

(なんだよ、これ)

思わずじっと見つめてしまう。

そしてその手の主を見上げると、ヴィストルは「さっさと立て」と不機嫌そうに言った。

その言葉に、この手が自分に向けられているものだということ。そして自分がダンスに誘われているのだと気付き、リーンはぎょっとした。

男同士でこんなところに並んで座っているだけでもいい見せ物なのに、その上踊れ？

「ちょっ——ちょっと待って下さい。どうして僕が——」

「わたしが立てと言ったら立て」

ぐっと二の腕を引っ張られ、無理矢理立たされる。

「待て下さい！」

リーンは慌てて言った。

「僕は踊ったことなんかありません！　いえ、何度か付き合いで女性と踊ったことはありますけど、それだけで…きっともう忘れてます」

一応は貴族の家柄の生まれだから、リーンもたしなみとして女性と踊ることはできる。だがこの場合、自分は女性として踊らされるだろう。そんな経験はない。

だがヴィストルはリーンの手を取ると、当然のようにホールの真ん中へと足を向ける。

踊っていた人たちが、ある者は踊るのをやめて、そしてある者は踊りながら道を作る。

ホールを埋めている人たちがさーっと左右に分かれるさまは壮観の一言だ。

だがリーンは足が動かなかった。こんなに大勢の人が周りにいるのに踊れるわけがない。

王都からの使者がいて、自分よりも遙かに家格が上の人たちばかりで、挙動の一つ一つをちらちらと盗み見られているような、こんな場所で。

しかしヴィストルはリーンの腰に腕を回し、離す気はない、といった様子でさらに足を進める。

ここで恥をかかせて嗤うつもりだろうか。

ほとんど引き摺られるようにしてホールの真ん中までは来たものの、動けずにいると、

「わたしについてくればいいだけだ」

ヴィストルの、微かに苛立っているような声が届く。

「でも」

「そういう決まりだ。お披露目の舞踏会では一曲は主役を交えて踊ることになっている」

「決まりでも、僕は女性として踊ったことなんてありません！」

「ならば今夜初めて踊ればいい。お前は初めてのことでも上手にやるだろう」

「！」

最後の言葉が初夜のことを言っているのだと気付いたリーンは、あの夜の屈辱感を思い出し、さっと頬を染める。

間近から睨みつけたが、ヴィストルは表情を変えないままだ。

「……わかりました……」

仕方なく、リーンは覚悟を決め、彼に任せることにする。

言うことは言った。もし何かあったら、強引に踊らせたヴィストルのせいだ。

だが――。

（う……わ……）

最初の一歩の瞬間から、もう身体が驚きと感動に震えたのがわかった。力強くも優雅なリードに身を預けたままくるりとターンした途端、

（上手い！）

と思わず胸の中で呟く。

いや、上手いなんてものじゃない。

リーンは決してダンスが上手い方ではない上に女役だから、足の運びも知らない。なのに、彼

と踊っているとまったく無理も不安も感じないのだ。

彼が言っていたように本当に彼に任せるだけで、彼に誘われるだけで、自然に身体や足が動く。

「平気だろう」

すると、そんなリーンの心を見透かしたように、ヴィストルが言う。

「……まあ……」

リーンは不承不承頷いた。素直に認めるのは癪だが、確かに上手い。

しかし、ほっとして辺りを見る余裕が出てくると、周りで踊っている人たちの自分を見ている視線の冷たさに改めて気付かされる。

嫉妬《しっと》、憐憫《れんびん》、好奇、侮蔑《ぶべつ》。

負の感情ばかりが感じられ、思わず俯いてしまいそうになったとき。

「——顔を上げろと言ったはずだ」

小さいが容赦のないヴィストルの声が耳を叩く。

「わかってます！」

リーンは即座に答えたが、声が震えてしまう。

わかっていたことでも、仕方のないことでも、平気でいられるわけではないのだ。

それでもなんとか一曲分を踊り終えると、リーンはヴィストルの手を振り切り、後ろも見ずにホールをあとにした。

そのまま真っ直ぐに自分の部屋へ戻ると、ドアを閉め、息を整えようと大きく息をつく。そして熱くなっている目元を擦った。

「っ……っ」

奥歯を噛み締めると、投げ出すようにベッドに身体を沈める。

受け止めてくれる冷たいシーツの感触が心地好い。

まだ宴は続くのかもしれない。けれどあそこにはもういたくない。戻りたくない。

シーツをぎゅっと握り締め、胸の痛みを癒すようにじっとしていると、緊張と疲れが溜まっていたからかじわじわと瞼が重たくなってくる。

気付けば、リーンはそのまま眠りに落ちていた。

◆

「花嫁が一人で早々に部屋に戻るとはな」

頭上から声が聞こえ、リーンは「え?」とそちらへ目を向ける。

否——向けようとした。

だが寝起きの目は、部屋の明るさに耐えられなかった。

眩しさに顔を顰め、目を擦る。

そこでリーンは初めて、自分がベッドの上で寝てしまっていたことに気付いた。

「あ――」

慌てて身を起こすと、ベッドの傍らにいる男に気付く。

黒ずくめの彼は、他でもないヴィストルだった。

「ど、どうしてあなたが……」

「妻の部屋にいて何が悪い。それよりもどういうつもりだ。一人だけで勝手に部屋に戻るとは」

頭上から聞こえる威圧感のある声に、リーンは小さくなる。

いったいどのくらい眠ってしまっていたんだろう？

ややあって、小さな声で言った。

「あそこにいたくなかったから、戻ってきただけです」

率直に言いすぎたかと、ぎゅっと身を縮こまらせる。

だが、待っても声はない。

「……宴は……もう終わったんですか……？」

そろそろと顔を上げながら尋ねると、肯定の短い答えが返る。

しかしそれ以上の言葉はなく、リーンが些《いささ》か不思議に思ったとき。

ふーっと長い溜息が聞こえたかと思うと、

「脱げ」

ヴィストルは軽く顎をしゃくるようにして言う。

リーンは羞恥と憤《いきどお》りに真っ赤になった。

「な……」

人の部屋に断りもなく入ってきてその言葉なのか。

確かに、先に帰ってきてしまったのは悪かったと思う。けれど、あのままあの場にいると、泣いてしまいそうな気がしたのだ。

ぎゅっと拳を握り締めるリーンの耳に、再びヴィストルの長い溜息の音が聞こえる。

「脱げ。早くしろ」

そして、重ねて言われ、苛立ったような瞳で見つめられる。

（……なんだよ……）

リーンは自分の胸に悲しさが広がっていくのを感じた。

周りの人たちからじろじろ見られていたときに感じた羞恥や屈辱感とは違う、心が凍るような、胸の中を風が通り過ぎていくような錯覚に捕らわれる。

別に——最初からこの男が味方だなんて思ったことはない。

それどころか強引で勝手で冷たい男だと思っていたほどだ。今でも思っている。けれど——。

何度も感情をぶつけたせいか、少しはこちらの気持ちもわかってくれているかもしれないと期待した。なのに。

（やっぱり人のことは退屈しのぎの玩具扱いってわけかよ）

リーンはヴィストルを睨みつけると、きつく唇を噛み、自らの服に手を伸ばした。

半ば自棄《やけ》になりながら、一つ一つ服を脱いでいく。その最中も、ヴィストルはじっと見つめてくる。

やがて、下着まで全て取ってしまうと、リーンはヴィストルを睨む。

すると彼はリーンの頭から爪先までを眺め、次の瞬間、トンと肩を突き、ベッドの上に転がした。

「！」

リーンが息を呑んだ直後。

「お前の今日の仕事はまだ終わっていない」

低く、ヴィストルの声がした。

驚いて彼を見ると、ベッドの端に腰を下ろした彼の手が、静かに性器に伸びてきた。

「使者がなんのために来たと思っている。わたしとおまえの婚姻を見届けるためだ」

「見届け……って……え……？」

「閨《ねや》を共にしているかの確認だ」

「え」

まさか、とリーンが目を丸くすると同時、ヴィストルは視線で頷いた。

「そういうことだ。わかったらせいぜい大きな声を上げろ」

「ちょっ――」

「抵抗するな、初めてでもないだろう」

「！」

直截《ちょくさい》な言葉に、リーンは真っ赤になる。

性器にするりと指が絡んできたかと思うと、ゆっくりと動きはじめた。

「まっ…待ってください……っ！　『見届けるため』ってことは、使者の人たちがこ、この部屋に……」

「それはない。だがドアの向こうで様子を窺《うかが》っている可能性は充分にあるだろうな」

「な……ぁ……っ」

「そのつもりでいろ。ああ――そうだ心配するな。お前のコムはアーベントと――わたしのコムと一緒だ」

「!?」

ムーがあの黒い獅子と一緒!?

「ちょっ、ちょっと待って下さい！　駄目です！　あの子は――」

「黙れ」

「っ――」

慌てて抗議しかけたリーンだったが、刹那《せつな》、きつく性器を握り締められ抵抗の声を呑む。

そのままやわやわと指を使われ、覚えのある快感が腰から這い上ってくる感覚に、ぞくぞくと背を震わせた。

「ア……っ」

淫靡《いんび》に蠢く指は、瞬く間にリーンの劣情を煽り、射精を促す。

だが一方で、その動きは今まで身体を重ねたときのものとは違い、酷く単純なそれだった。

愛撫というよりも、ただリーンを感じさせ、喘がせ、射精させようとするためだけのような動きだ。

機械的な、愛撫とも言えない愛撫なのに、刺激されれば反応してしまうのが忌々《いまいま》しくて恥ずかしい。

「っ……ア……っ……！」

ヴィストルの指が性器を嬲るたび、性器はぐんぐん硬さを増し、腰が、彼の手の動きに合わせて揺れる。

服を乱すことすらせず、ただ冷たい目でじっとこちらを見下ろし、冷静に観察しながら手を動かす男に合わせて。

そんな自分の浅ましさを、リーンは堪らなく恥ずかしく思わずにいられない。そして同時に自分をこんな目に遭《あ》わせるヴィストルを、憎らしく思わずにいられなかった。

「は……っ……ん……っん――ッ――」

そしてほどなく。当然の結果のように、大きな波が打ち寄せ、リーンはヴィストルの指に促されるまま、高く短い声を上げて達した。

一方的にただイかされたことに激しい羞恥を覚えつつ、息を乱していると、リーンが零したものを無造作に拭ったヴィストルが、不意にリーンのベッドに横になる。

「!? なんですか!?」

「使者が外にいるかもしれないと言っただろう。お前は黙ってわたしをここに一晩泊めればいいのだ」

「……………」

そして言うだけ言うと、ヴィストルは横になったままリーンに背を向けてしまう。

リーンは、呆然《ぼうぜん》とその姿を見つめることしかできなかった。

◆
◆
◆

「よし……と……」

誰にも見られず柵の外へ出ると、リーンは後ろも見ずに街を目指した。

月もない真っ暗な夜。こんな夜に小さな灯《あか》り一つで森を歩くことに不安はあったが、これ以上あの男と一緒にいることは耐えられなかった。

なんとか抜け出す方法を考えて、昼間のうちに柵を一つ壊しておいた。

ゆっくりでいい。森を抜けるように歩けば、半日で街まで着ける。

リーンは自分に向けて頷《うなず》くと、そっと懐《ふところ》を撫でた。

「ムー、大丈夫？」

『……』

尋《たず》ねてみるが、返事はない。

リーンは大きく顔を顰《しか》めた。

ムーはといえば、一昨日の婚礼披露の宴の夜からすっかり元気をなくしてしまった。

あの獅子と長く過ごしてからだ。

リーンは、早く宴の場所から離れたい一心でムーのことを忘れていた自分を悔やみ、きつく眉を寄せる。

ムーのためにも、早くここから出ていかなくては。

そして自分のために。

（っ……）

思い出すと、恥ずかしさと屈辱感に頬が熱くなる。

あんなに一方的に陵辱《りょうじょく》されたのに、そのままあの男の側《そば》にいられない。いたくない。

リーンは唇を噛むと、三歩先すら見えづらい夜の森を、手にした灯りだけを頼りに進む。

婚姻のお披露目があった二日後に城を出ていってしまうなんて、これがヴィストルにばれたら自分や家族はどうなるだろう？

それを考えると少し不安になるが、足は止まらなかった。

（とにかく――ここから離れたい）

その一心で、足を進める。

「ムー？」

そうしながら胸元を撫でて再び名前を呼ぶ。だがやはり答えはない。

余程弱っているのだろう。

彼だけが心配だ。街に着いたら、すぐに病院に連れていこう。

しかし、そう思いつつ急ぎ足で森を進んでいたとき。リーンはふと既視感《きしかん》を覚えて足を止めた。

暗いからはっきりとはわからないけれど、この道はさっき通ったんじゃないだろうか……？

まさか、と思いたいが一度そう感じてしまうと不安が広がる。

なにしろこの森や城の周りはなじみのない土地だ。

どこが安全でどこが危険かもわからない。どんな動物が潜《ひそ》んでいるのかも。

歩いても歩いても街への道が見つからず、リーンはさすがに青くなった。

「ム、ムー、ちょっと辺りを見てくれないかな」

動物のムーの方が、そういうことには優れている。

しかし懐の中のムーはぐったりしたままだ。

(駄目か……)

自分でなんとかしなければ。

しかしこのまま歩き続ければ、なおさら迷ってしまうかもしれない。

(どうしよう……)

だがこうしていても埒《らち》が明かない。戻る道ももうわからないのだ。

仕方なく見当をつけて歩き続けたが、やはり辺りは木ばかりだ。それどころか、さっきまでよりも一層森は深まっている気がする。

リーンは、困り果てて足を止めた。

「……迷った……かも……」

改めて言葉にしてしまうと、一気に不安が増した。

朝になればなんとかなる、と思いたいがこの森の深さだ。日が昇っても場所を把握できるかどうかわからない。

誰か助けに来てくれる？　こんなところまで？　その望みは薄い気がした。

いやそれよりも、一晩無事に過ごせるのだろうか。何がいるのかもわからない、この場所で。

不安が増した途端《とたん》、どこからかガサッと大きな音が聞こえる。リーンは「うわっ！」と大きな声を上げると、狼狽《うろた》えながら辺りを見回した。

息を詰め、目を凝《こ》らす。

何もない。それでも、気を抜けば何か得体の知れないものが襲いかかってくる気がして心から安心できない。

このまま死んでしまうのではないだろうか。

想像して、ぞっとした。

結婚相手が次々と死ぬ、闇公爵。ひょっとして、中にはこの森に埋められた人も……？

「まさか」

嫌な考えを打ち消したくて、大きく頭を振ると、リーンは再び歩きはじめる。

歩けば、なんとかなる。

胸の中でそう繰り返して。

しかし暗がりの中を目印もなく進むことは、事態を悪化させただけだった。

「は……」

歩きに歩いた挙げ句、ただ疲れ果てたリーンは肩で息をしながら足を止め、ずるずるとしゃがみ込んだ。

脚が痛い。不安はますます大きくなり、嫌な汗が止まらない。

やっぱり明るくなるのを待つべきだったんだろうか。けれどここまで迷ってしまっては、明るくなってもあまり変わらない気がする。

「ムー……？　大丈夫……？」

先刻からまったく声を発しないムーが気になり、リーンはそっと胸元を揺すってみる。

だが、やはり返事はない。

「ムー？」

まさか、と思いつつ胸元から取り出すと、小さな身体はいつもより熱くなっている。熱があるのだ。しかも四肢は力なくだらりとしていて、目も半分開いていない。

「ムー！　これ――これ飲んで！」

慌ててリーンは持っていた水筒を取り出すと、ムーに水を飲ませようとする。だが、口を付けても半分以上零《こぼ》してしまう。水を飲む力もないのだ。

「ムー!?」

《だいじょーぶ……》

再び呼びかけると辛うじて返事はあったが、ぐったりしたままなのには変わりない。

リーンはムーを抱き締めると、きつく唇を噛んだ。

（馬鹿だ……僕……）

どうして無理をして歩き続けてしまったのだろう。どうして引き返さなかったのだろう。どうして城を出てしまったんだろう。我慢してあのままあそこにいればムーをこんな目に遭《あ》わせることもなかったのに。

考えれば考えるほど自分が情けなくなり、苦しくなる。

何があっても何をされても我慢すべきだったのだ。我慢してあの城に、ヴィストルのところにいるべきだった。メリアのために取引したのだから。

（けど……）

自分を取り巻く空気も、ヴィストルの冷たさと摑み所のなさも想像していた以上で、その辛さからつい逃げたいと思ってしまったのだ。

今日までのことを思い返し、リーンが頭を抱えたとき。

「!?」

再び、ガサッと大きな音が聞こえる。

はっと息を呑んで腰を上げると、音がした方に目を凝らす。すると、さらにガサガサッと草の擦れる音が届いた。

何か大きなものが近付いてくるような音に息を詰めると、やがて、いつかのように闇の中から黒い獅子が姿を見せた。

「！」

目が合った次の瞬間、その口が大きく開き、鋭い牙が覗《のぞ》く。

「うわあああ……！」

（咬まれる——！）

殺される、と思った次の瞬間。

グイと服を引っ張られた。

「……えっ……？」

呆気《あっけ》にとられ、リーンは獅子を見つめる。

黒く巨大な獣は、リーンの服の裾を咬んだまま、クイクイとそれを引っ張る。

まるで「ついてこい」というように。

まさかと思うもののそろそろとついていくと、獅子は真っ暗な森の中でもまったく迷うことなく進んでいく。

しばらくして辿り着いたのは、抜け出した柵の前だった。

助かった。

「じゃなくて！」

これでは元に戻っただけじゃないか！

反射的に踵《きびす》を返そうとしたリーンの前に、獅子が立ち塞がる。

「っ……」

鋭く猛々しい肉食獣の瞳に睨まれ、低く唸《うな》られ、恐怖に息が止まる。ここまで案内してくれたときは、頼もしさすら感じさせた黒い獣。だが今は、気配がまるで違う。

しばらく見つめ合うと、リーンは「わかってるよ」と溜息をつきながら言った。

本当はリーンにもわかっている。ムーの具合が悪い以上、今日は一旦部屋へ戻った方がいい。一刻も早くムーを医者に見せなければ。

しかしそう考えつつ城へ戻ろうとした直前、

「こんな夜中にどこへ行こうとしていた」

不意に背後から声が届き、リーンは驚きに飛び上がった。

振り返れば、そこにいたのはヴィストルだ。いつからいたのだろう。いつの間に？　音も気配もしなかったのに。

全身に緊張が走る。けれどそれを堪《こら》えながらゆっくりと向かい合うと、

「どこに行こうと勝手です」

リーンは強く言い返した。

強がらなければ、今夜感じた恐怖と不安で、情けない弱音を吐いてしまいそうだったから。

するとヴィストルは冷たくリーンを見下ろし、よく撓《しな》る鞭《むち》を思わせる声音で言う。

「使者の前で結婚の誓いをたてておきながら逃げるとはな。花嫁になる覚悟がないなら受け入れるべきではなかった——違うか。しかもそんなに具合の悪いコムを連れ出すなんてどうかしてい

る」

「ムーのことなら、僕が一番よくわかってます！　あなたには関係ありません。それに、別に覚悟がなかったわけじゃありません。ただ…思っていた以上だったから」

「……」

「あ――あなたはどうせ家のための結婚で、相手なんか誰でもよかったんでしょうけど、こっちはそうじゃないんです！　セックスだって、す、す、好きな相手とするものだと思ってましたし」

「それはお前の認識が浅かったのだろう」

とりつく島のない言葉に、かっと頭に血が上った。

「悪かったな、覚悟がなくて浅はかで！　あなたにとっちゃ結婚なんかいくらでも代わりがいることだもんな。気にいらなきゃ、殺して次、なんだろうし」

声を荒らげ、言葉も荒くそう叫んだ直後、とうとう堪えられずに涙が零れた。

咄嗟《とっさ》に拭ったものの、感情が昂《たかぶ》っているせいかあとからあとから涙が零れる。止まらない。

恥ずかしくて逃げるように背を向けると、その腕をきつく掴まれる。

「離せよ！」

声を上げ、振り払おうとしたが手は離れず、リーンは怒りのままヴィストルに殴りかかった。

無礼者だと咎《とが》めて罰を与えるなら好きにすればいい。どうせ、自分はここに居場所なんかない。

だがヴィストルは、リーンの拳《こぶし》をその胸で受け止めると、そのままきつく抱き締めてきた。

背中に回される強い腕。それは想像通りに逞《たくま》しく、想像していたよりずっと優しい。

「な……」

「何するんだよ」なのか「なんで」なのか。

リーンが言いかけたはずの言葉は声になる前に消え、代わりに漏れたのは嗚咽《おえつ》だった。広い胸の中は温かで、だから涙が一層溢《あふ》れる。

抱き締められたまま、二度、三度とヴィストルの胸を叩くと、抱き締めてくる腕に力が籠《こ》もる。

「何が不満だ」

ややあって、心なしか困惑している声がした。

「お前の望み通り、お前の妹の代わりにお前を花嫁に迎えた。城の者たちにもお前がわたしの伴侶なのだときちんと知らしめた。お披露目の宴のときは立て続けの挨拶《あいさつ》に辟易《へきえき》しているようだったから踊りに誘ってみた。あの日の夜は使者がドアの外で様子を窺《うかが》っていると思ったから、最後までせずにさっさと終わらせた。声の一つも聞かさねば使者は納得すまいが、お前も延々と声を聞かれるのは嫌だろうと思ったのだ。眠るときもお前はわたしの顔など見たくないだろうと思ったから見ずに済むように眠った。お前はそれらが望みではなかったのか？　なのにどうして、お前はこんな夜中に、無謀《むぼう》にも城を出ていこうとするのだ。自分自身もコムも危険に晒《さら》して」

「……！」

その瞬間、リーンは大きな衝撃を覚えていた。

『きちんと知らしめた』『踊りに誘ってみた』『さっさと終わらせた』『見ずに済むように眠った』言われてみればその通りだ。

リーンはそれら全てがヴィストルの意地悪さ故だと思っていたのに、彼は自分のためを思ってやってくれていたというのか。

（まさか）

だが思い返せば、そう思えないこともない気がする。それに今も、自分を抱き締める腕は戸惑うほど優しい。泣きながら彼に殴りかかった自分を咎めることもせず、彼は抱き締めていてくれる。

リーンはおずおずとヴィストルを見つめる。

彼の漆黒の瞳はいつもと同じように美しいが、いつもより少しだけ不安そうな色を帯びているようにも見える。らしくない彼の瞳。その不安はリーンのそれを反映してのものなのだろうか。

リーンはそろそろと口を開いた。

「あなたは、僕のことを気にしてくれてたんですか？」

「妻だからな。当然のことだ」

「でも僕は……不安なんです」

「何がだ」

「あなたがどういうつもりで僕と結婚したのかがわかりませんから」

「公爵家に相応《ふさわ》しい血筋の妃が必要だったからだと言わなかったか」

「言いました。じゃあ、やっぱりそれだけですか」

「それだけ、とは？」

「ですから、僕の――」

僕自身のことはどうでもいいんですか、と尋ねかけ、リーンはぐっと言葉を飲み込んだ。

これではまるで、自分自身を気にかけてほしいと言っているも同じだ。

もしそんなことを口にして、望む答えが返ってこなかったとしたらどうすればいいのか。

いや――そもそも自分はどんな答えを望んでいるのだろう。

どうして彼にそんなことを尋ねようとしているのだろう？

「なんでもないです」

リーンは首を振ると、ヴィストルの腕の中から身体を離す。

「城に戻ります」と告げると、もう後ろも見ず真っ直ぐに自分の部屋へ向けて走った。

◆
◆
◆

「リーンさま。公爵さまが執務室にとのことです」

翌日、リーンが自分の部屋で本を読んでいると、執事のナルダンがそう言いにきた。

部屋に呼ばれたことなんて、今までなかったことだ。

もしかして昨日の醜態《しゅうたい》について何か言われるのだろうか。

殴りかかった挙げ句、泣き出してしまった自分を、まるで我慢のきかない子どものようだった自分を、ヴィストルはどう思っただろう。

その件もあり、そしてまだ具合がよくないムーの世話をしたいこともあり、本当なら部屋にいたいところだ。

あの後、医者に診てもらったところ、ムーは疲れが溜まっているとのことだった。急にこの城で暮らすことになり、環境が大きく変わった上、実家まで手紙を届けるために往復してくれたことなどが影響したのだろう。

『休んでいればじきによくなります』

医者はリーンを安心させるようにそう言ってくれたけれど、リーンは自分のせいで体調を崩してしまったムーに対して申し訳なさでいっぱいだった。

一晩ぐっすり眠ると、だいぶ具合はよくなったようだが、できればまだ側にいてやりたい。

しかし、呼ばれれば行かないわけにはいかないだろう。

リーンはソファから立ち上がると、ナルダンに案内されてヴィストルの執務室へ向かう。

道すがら、ナルダンがこれからのことについて説明してくれた。どうやら、客が来ているようだ。

「お名前はカイさまと仰《おっしゃ》います。城下の街にある一番大きなギルドを纏《まと》めていらっしゃる方で、公爵さまが昔から懇意にしているお方です」

部屋に着いてみると、そこにはヴィストルの他に一人の男がいた。

彼がカイだろう。

緩く波打った、茶がかった金の髪。少し下がり気味の愛嬌《あいきょう》のある眦《まなじり》。表情は人好きのする笑みを描き、ギルドの長と言うよりも、街で女性に囲まれているのが似合いそうな伊達《だて》男《おとこ》だ。

近付くと、彼は立ち上がり胸元に手を当てて優雅に頭を下げた。

「初めてお目にかかります、公妃さま。カイと申します」

「はじめ…まして……」

「本来ならお披露目にもお伺いしたかったところなのですが、あいにく仕事で長く家を空けておりました。失礼のほどお許し下さいませ。今後ともお見知りおきを」

屈託のない笑顔といい、よく回る口といい、ヴィストルとは対照的な男だ。本当に懇意にしているのだろうか。

カイは空いている席にリーンが座るのを待ち、さらに続けた。

「それにしてもお美しいお方だ。閣下が羨《うらや》ましい。わたしどもは、閣下の裁量一つで天国を見ることにも地獄を味わうことにもなる、海原《うなばら》をゆく小舟のような身。閣下には常にご気分よくいていただきたいところですが、こんなに綺麗《きれい》な公妃さまなら心配は無用ですな。どうぞ、末永くお幸せに」

ますます笑みを深めて言うカイにリーンが絶句していると、ヴィストルはゆっくりと頬杖をつきながら言った。

「相変わらずお前の口は働き者だな。だがわたしの裁量次第とはよく言う。お前が相場で随分《ずいぶん》稼いだことをわたしが知らないと思ったか」

「おっと。ご存じでしたか。ですがあの勝負の元手も、遡《さかのぼ》れば二年前、閣下が関税について近隣領主との話し合いを有利に進めて下さった結果です。つまりは閣下のおかげというわけですよ」

初めて聞く話にリーンが目を瞬かせると、カイは微笑んで言った。

「わたしどもはファジラン国内だけでなく隣国やそれよりも離れた国とも工芸品や工業品の取引をして商売を致しております。となれば原材料を仕入れる際にかかる税や売るときにかかる税は商売に大きくかかわる部分。そこを有利に取引できるか否かで、儲《もう》けがまったく変わって参りますゆえ。閣下は我々がより商売をしやすいようにして下さったというわけです」

「……」

その言葉に、リーンは思わずヴィストルを見た。

初めて知った彼の別の一面だが、カイに本当に慕われていることが伝わってくる。

(でも確かに……)

そう言えば、とリーンは思い出す。

以前、王立大学が主催した交流会で出会った学者が、随分感激しているような面持ちで言っていた。

この土地はゆっくり研究ができますな、と。

あのときは意味がわからなかったが、彼がそう言ったということは、ゆっくり研究ができない土地もあるのだろう。確かに、争いが絶えないところに住んでいたなら、研究よりもまず明日の食事のことを考えてしまうものなのかもしれない。この領地が豊かで住む人たちが大きな不満を持たず穏やかだから、揉め事もなく、ゆっくり研究に打ち込むことができるのだ。

そして見ていると、カイと話しているときのヴィストルのその表情は、普段よりもいくらか和《やわ》らいでいる…ような気もする。本当に気の置けない相手なのだろう。

(へえ……)

そういう顔もできるんじゃないか、と思うと同時に、なんとなく寂しくなっていると、

「では、せっかくですので公妃さまもご一緒にいかがですか」

カイが、不意に話を向けてくる。

「え?」

何が、と慌てて見ると、彼は「聞いてませんでしたね」と笑いながら言った。

「実は明日、閣下をご案内致したいところがございまして。公妃さまもご一緒にいかがかと」

「案内……?」

「ええ。街に新しくできた宝石の加工場と、織物の工場を。警らの者たちには話をしておりますし、安全については問題ありません。ご心配はいりませんよ」

——街!?

カイの言葉に、リーンは、はっと息を呑む。

街に出られる!

そう思うと胸が高鳴る。だがいいのだろうか。

ひょっとしたら、これはヴィストルがカイに頼んだ罠《わな》か何かで……「行く」と返事をするとあとで咎められたりするのではないだろうか。

「……」

リーンはちらりとヴィストルを見る。だが彼は表情を変えず黙ってお茶を飲んでいる。

「いいんですか。僕も行って」

尋ねると、ヴィストルは「好きにすればいい」と短く言う。リーンは彼を睨みつけた。

「好きになんかできないでしょう、僕は」

「だから好きにしていい、と言っている。好きにすることを許すと言ってるんだ」

回りくどい言い方だが、外へ出てもいいというなら出かけるまでだ。

「行きます」

リーンがカイに言うと「かしこまりました」と彼は微笑む。

ヴィストルは相変わらず心の中の窺えない表情をしていたが、リーンは構わずに話を終えると部屋へ戻る。

ムーの様子が気になったのだ。

すると部屋の前の廊下に、ワゴンに乗せられた小さな皿が置かれていた。その上には数種の干した果実とパン。

メイドに頼んでいたムーのごはんだ。持ってきたものの、リーンが不在だったためにここに置いていったのだろう。

しかもよく見れば、ワゴンの横には、それとは別に何種類もの木の実が床に直接置いてある。その中にはムーが好きなノコノコの実もあるようだ。

「これも…かな」

リーンはそれらを取ると、

「ムー、ただいま」

声をかけて部屋へ戻った。

途端、ベッドの上ですやすや眠っていたムーが起き上がり、駆け寄ってくる。

《おかえり、リーン！》

「うん。これ——ごはん。食べられる？」
《たべるたべる！》
弾む声を上げるムーに、リーンもほっと笑顔を零す。
ゆっくり眠ったからか、元気を取り戻したようだ。
テーブルの上に、皿と木の実を乗せてやると、
《わーい！》
ムーは嬉しそうに声を上げ、それらを食べはじめた。
「美味しい？」
《うん！　おいしい！　ここはごはんだけはおいしいね～》
「う、うん。まあね」
《あ、ノコノコの実だ。ぼくこれだーいすき！》
「よく噛んで食べるんだよ」
《うん！　……うん……？》
「ん？」
嬉々《きき》として食事をしていたムーが、ふと動きを止める。それが気になってリーンが顔を覗き込むと、ムーはノコノコの実を両手に持ったまま首を傾げた。
《これ…なんだかふしぎなにおいがする……》

「？　傷んでるとか？」
《そうじゃないけど……》
ムーは鼻を寄せてふんふんと匂いを嗅《か》ぐと、不思議そうに右に左に首を傾げてみせる。
「大丈夫？　無理して食べなくても……」
リーンは心配になって言ったが、
《ううん。たべる。だいすきだもん》
ムーはそんなリーンの言葉に首を振ると、もぐもぐとそれを食べはじめる。
《おいしー》
そしてにっこり笑うところを見ると、ひとまずは大丈夫なようだ。
リーンは微笑みつつ、ムーの頭を撫でた。
「ムー、僕、明日出かけるんだ。明日も一人でいられる？」
《でかけるの？》
「うん。街に」
《でられるの》
「らしいよ」
《そっか》
ムーはされるままになりながら、別の木の実も食べはじめる。

（そう言えば、木の実なんて頼んだっけ？）

リーンはムーの様子を見つめながら、胸の中で首を傾げた。

「コム用の食事を」と頼みはしたが、それはいつもの干した果実とパンのつもりだった。ムーが少しでも元気になるようにわざわざ大好物の木の実を用意してくれたのだろうか。だとしたら、随分気が利いている。

少しだけでもこの城の人たちに受け入れられているなら嬉しいなと思いつつ、リーンはムーを撫でる。

「本当ならお前も連れていきたいんだけど、公爵のコムがいるかもしれないし……お前は体調が回復したばかりだからさ。ここでお留守番…できる？」

《うん》

ムーは頷く。

だがその表情はどこか寂しそうで、リーンは堪《たま》らずムーを抱えると、ぎゅっと抱き締めた。

《リ、リーン！　まだたべてるとちゅうだよぅ》

「ごめんな、ムー」

抗議の声を上げるムーを抱き締めながら、リーンは言った。

「僕に覚悟がなくて浅はかだったせいで、お前にまで迷惑かけて……」

《……》

ムーの動きが止まる。

彼はほっぺたの中に溜めていたものを全て咀嚼《そしゃく》してしまうと、《だいじょーぶだよ》と笑った。

《ぼくはリーンといられるだけでいいもん。それにこんなにおいしいごはんもたべられるし》

「……」

《あのおおきなくろいのはにがてだけど、あわないからへーき！》

「そう…だね……」

リーンは苦笑した。

ムーはリーンの懐の中ですっかり弱っていたから気付いていないようだが、森で迷ったリーンを城まで案内してくれたのはあの黒い獅子だ。

この間も遭遇《そうぐう》したことから察するに、やはり夜は城の周りに放されているのだろう。

主同様堂々とした佇まいのコムだが、ヴィストルとどのぐらいの絆《きずな》で繋がっているのだろう。

本当なら、結婚するほど親しい者同士なら、コム同士も親しくなり、それぞれが持つコムにも詳しくなるはずなのだ。なのに、自分は彼についても彼のコムについてもわからないことだらけだ。

（覚悟、か……）

確かにヴィストルの言う通り、自分には覚悟が足りなかったのかもしれない。身代わりなのだから、と、彼のことを知ろうと思ったこともなかった。

はーっと溜息をついていると、

《リーン、おろしてよぉ。まだごはんのとちゅうなんだから！》

胸の中からムーの声が届く。

慌てて降ろしてやると、彼はいそいそとノコノコの実を取り、美味しそうに食べはじめる。

大好物に頬を緩めているムーを見ていると、リーンも癒されていく気がした。

◆

およそ二週間ぶりの街は、最後に来たときと少しだけ風の香りが変わっていた。

自分があの城に閉じこめられていた間に、季節はどんどん移り変わっているのだ。

馬車から降りたリーンは、大きく深呼吸する。

（ムーも連れてくればよかったかな）

出かける前、公爵もコムを留守番させると聞いたときはちらりとそんなことも考えたが、肝心のムーはといえば、朝一番に山のように届けられた木の実にご機嫌だった。

（メイドにお礼を言っておかないと）

リーンは、帰宅してからの行動リストに一文を付け加える。

（でもメイドでいいのかな。厨房の人が用意してくれてる、とか？）

ともあれ、ムーが嬉しそうにしているとリーンも嬉しくなるのでお礼は言っておくべきだろう。

（でも…注文をつけるわけじゃないけど廊下に直接置くのはちょっと……）

独りごちながら、リーンは先を歩くヴィストルとカイに続いて工場に入る。

ここは宝石の加工場らしい。領地の山から採掘された石が、そして取引によって購入した石が、丁寧に磨《みが》かれては少しずつ美しい宝石に変わっていく。その変化の不思議さと素晴らしさは、見ていて思わず声が出てしまうほどだった。

しかも、そうして磨かれた石の最後の仕上げの研磨《けんま》は人の手によるものらしい。

大勢の職人が一心に石を磨いている様子に、リーンは感嘆の溜息をつかずにいられない。

見入っていると、傍《かたわ》らからカイの声がした。

「いかがですか、公妃さま」

「凄いですね。こんな風になってるとは思いませんでした。想像していたよりもずっとたくさんの人が働いているんですね」

「閣下の案です。もちろん全て一人の職人が作る場合もございますがね」

「へえ……」

ヴィストルは職人たちと話している。

そんなヴィストルをつい目で追ってしまうリーンに、カイの声が続く。

「多くの職人で多くの宝石を同じように加工して、安く、たくさん売り出すもの。そして職人の中でも特別の腕を持つ者に全てを任せ、付加価値をつけて売り出すもの。元の石の質もそうですが、商品になるまでの部分にも差を付けたもので商売を致しております。その方が色々な方に見て頂ける――。閣下のご提案です。おかげで、今や王都とは以前の倍以上の取引がございます」

弾むその声を聞きながら、変だな、とリーンは苦笑した。

ヴィストルが褒められて自分まで嬉しくなるなんて。

なんだか気恥ずかしくて、その場から数歩離れたそのときだった。

「リーン！」

「!?」

ヴィストルの声がしたかと思うと、いきなり襟首を摑まれ、引っ張られる。

「うわっ――」

尻餅をつきかけたその瞬間、

キィン！と、何か硬い金属同士がぶつかるような音が響く。

それがなんの音だったのかわかったのは、いつの間にかリーンの前に飛び出したヴィストルが、剣で刃を受け止めているのを見た瞬間だった。

息を呑んだリーンの耳に、「下がれ！」とヴィストルの声が響く。

だがリーンは突然のことと恐怖に動けない。まごついていると、ヴィストルがリーンを背中に庇《かば》うように位置を変える。

広い、頼もしささえ覚える背中。その肩越しに、顔を赤らめ興奮した男が、再び刃を振るおうとしているのが見える。

「閣下！」

リーンがひび割れた声を上げたのと、周囲を警備していた屈強《くっきょう》な男たちが、刃を振り回している男を地面に引き倒すのとがほぼ同時だった。

「大丈夫ですか」

カイの声に、リーンはガクガクと頷く。

地面に伏せさせられ、刃を取り上げられた男は、剣を鞘《さや》に収めるヴィストルを顔を歪《ゆが》ませて睨み上げる。

「殺してやる……っ」

そして呻《うめ》くように言った。

「レイラを殺したお前も、お前なんかに嫁いだ奴も殺してやる！　人の婚約者を取り上げておいて……よくもあんな目に！」

叫び声が響く。

レイラ――。それは確か、公爵の三番目の妻だった女性の名前だ。

そして彼は「人の婚約者」と言った。

リーンは自分の顔が強張るのがわかった。

だがヴィストルは男からの憎悪をまともに受けながらも、まったく意に介していない様子だ。

「目障《めざわ》りだ。連れていけ」

そう言うと、引き摺るようにして男を連れていく警らの男たちに向け、「処分は早々に行え」と短く続ける。

その声に、リーンは思わず「待って下さい！」と声を上げた。

「処分、って……罰するってことですか」

「当然だろう。極刑だ」

「！」

「わたしやわたしの妻に刃を向けてただで済むわけがない」

「でも」

リーンは食い下がった。

「でもあの人にも事情が……。大切な人を亡くして、きっとショックだったんです！　だからもう少し――」

「誰を亡くそうが、それはわたしに刃を向けていい理由にはならない」

「それは……そうですけど……」

「それに」

ヴィストルは続けた。

「レイラは病で死んだのだ。わたしが手にかけたわけではない。にもかかわらず人殺し呼ばわりされ、刃を向けられたのだぞ。お前は、もしこれがお前の父だったらどうするのだ。父親がやってもいない罪で糾弾《きゅうだん》され、殺されそうになったのだとしたら」

「あ……」

その言葉に、リーンは、はっとさせられる。

そると、そんなリーンを冷たく見つめ、ヴィストルは言った。

「お前も、わたしが妻を殺したと思っているのだろう？　だからあの男に肩入れするのだ」

そしてヴィストルは踵を返してカイのもとへ行くと、もうリーンのことなど見ることもなくカイと話しはじめる。

リーンは動けなかった。

◆

『レイラは病で死んだのだ。わたしが手にかけたわけではない。にもかかわらず人殺し呼ばわりされ、刃を向けられたのだぞ。お前は、もしこれがお前の父だったらどうするのだ。父親がやってもいない罪で糾弾され、殺されそうになったのだとしたら』

『お前も、わたしが妻を殺したと思っているのだろう？　だからあの男に肩入れするのだ』

城へ帰り、部屋に戻っても、リーンの頭の中では同じ言葉が回り続けていた。

確かに、そう思っていた。

だから妹とは結婚させられないと思っていた。

ここへ来てからもずっとそのことが気になっていた。

気になっていたのだ。

なのに自分で確かめることはせず、噂をそのまま信じていた。

「…………」

リーンは溜息をつくと、ベッドの上で膝を抱えた。

ヴィストルは今までに四人の女性と結婚した。それは事実だ。そしてどの女性も死んだと言われている。噂では、彼がその死にかかわっている、とまで。

だが噂はもちろんのこと、死んだと言われていることでさえ「言われている」だけで、何が本当なのかはわからない。誰も事実はわからないままなのだ。

そして彼は、自分にとっては約束を守ってくれた相手だ。歪《いびつ》な形ではあるけれど、彼はメリアと結婚しないでほしいという希望を叶えてくれた。

そして彼が話してくれた通りなら、その後も彼なりにリーンのことを気にかけてくれていたのだ。

なのにその相手を、確かめもせずに人殺しだと思い続けていたなんて。

「何やってるんだか……」
自己嫌悪に落ち込んでいると、
《リーン！　リーン！》
どこからか、ムーの声がした。
顔を上げると、彼はベッドの上にぴょんと上がり、全身で話しかけてくる。
《リーン、どうかしたの？　なんだかげんきがないよ》
「え…うん……まあ……」
《だいじょうぶ？　げんき出して！　ぼく、うたおうか？　♪おーひーさまーのー♪》
「う、ううん。今はいいよ。それより——」
《じゃあ、ノコノコの実をたべる？　たべたらげんきになるよ！　あとね、あとね——》
「ムー」
リーンは、ムーの明るい声を遮るように言った。
いつもはこの可愛いコムに元気をもらえるけれど、今はそんな気分じゃない。
「ムー、ごめん。今はちょっと、静かにしてくれるかな。色々考えたいんだ」
《しずか……？》
「うん……一人でいたいっていうか」
《う……うん……》

するとムーはおずおずと頷く。

リーンは再び溜息をつくと、ベッドにぱたんと横になり天蓋《てんがい》を仰いだ。

久しぶりに城の外に出られたのに、こんなことになるなんて。

あの男の人は、本当に極刑になってしまうんだろうか。だが領主であるヴィストルに刃を向けたのだ。それも仕方ないのかもしれない。

でも……。

ぐるぐる考えていると、またヴィストルのあの言葉が頭を巡る。

どう取り繕っても、自分が噂を信じてヴィストルに偏見を持っていたことは事実だ。

「謝らないと……」

リーンは呟いた。

せめて、今まで噂を信じていたことを謝りたい。彼は謝罪など求めていないかもしれないけれど。

「明日改めて謝った方がいいのかな。それとも今日……」

身を起こしながら、リーンは独りごちる。

息をつき、気分を変えようとベッドの傍らに置いている水差しから水を飲む。しかしそのとき、なんとなく違和感を覚えた。

数秒後、

「ムー⁉」

リーンはその違和感の理由に気付き、狼狽えた声を上げた。

ムーがいない！

リーンはベッドから滑り降りると、その下を覗き込み、カーテンの裏側を探し、部屋に隣接しているバスルームの中を探す。だがそのどこにも、ムーはいなかった。

いったいどこに、と部屋をぐるぐる回り、リーンは気付く。

ドアが開いている。

きっと帰ってきたとき、上の空だったせいできちんと閉めなかったのだろう。ひょっとして、ここから外に？

次の瞬間、リーンは息を呑んだ。

『一人でいたいっていうか』

自分が考えなしに口にした言葉が脳裏に蘇《よみがえ》る。

ひょっとして、あの言葉のせいで……？

「っ――」

リーンは慌てて部屋から駆け出すと、手当たり次第にそこらの部屋を開けて中を確認する。

コムとその主とが物理的に離れることは別に珍しいことじゃない。リーンだって、以前ムーに実家まで手紙を届けてもらうことを頼んだ。だが主に何も言わず、コムの方からいなくなることはまずないのに。

「ムー！　ムー!!」

ドアが閉まっている部屋は確認しなくてもいいんじゃないかとちらりと考えたが「もし」を考えたら全ての部屋を見て回らなければ気が済まなかった。

端からドアを開け、中を調べ、声を上げて名前を呼ぶ。しかし見つからない。次第に焦《あせ》りが募りはじめた。

広い城内を闇雲に調べても到底見つからない気がする。だがほかにどうすれば見つかるだろう。使用人たちに協力してもらう？　自分が頼んで聞いてもらえるだろうか。それよりもとにかく探して回った方がいいんじゃないだろうか。

外を見ればもう日が落ちはじめている。先に外を探した方がいいだろうか。それとも部屋で待っていた方が？　お腹が空けば戻ってくるだろうか。

どうしよう――。

早く探さなければと頭ではわかっているのに、どうすれば見つけられるのかわからず立ち竦《すく》んでいると、

「何があった」

いつの間にかヴィストルがすぐ側に佇んでいた。

「ム、ムーが……僕のコムがいなくなったんです。僕が考え事をしてる間に、部屋から出て……」

「……」

「あの子は僕を慰めてくれようとしてたのに、僕、自分のことでいっぱいで、突き放して……っ」

「わかった。――アーベント！」

するとヴィストルは、パチンと指を鳴らし、彼のコムの名前を口にする。

数秒も経たないうちに、あの黒い獅子が音もなく姿を見せた。

驚くリーンの視線の先で一人と一頭はしばし見つめ合うと、アーベントは俊敏に駆け出していく。

(何が……)

呆然とそれを見送っていると、「わたしたちも探すぞ」とヴィストルが歩きはじめる。

リーンは慌ててその背を追った。

「あ――あの、どういうことですか？　あの獅子は……」

「外はあれに探させた方が早いだろう。わたしたちは中だ。どこか行きそうなところは？　城の中で興味を持ったものはなかったか。隠れそうなところは？」

歩きながら尋ねてくるヴィストルに、リーンは驚きを隠せなかった。まさか彼がリーンのコムを探す手伝いをしてくれるとは思っていなかった。

「と、特に行きそうなところは思いつきません。だから困ってて……。でも、どうしてあなたが」

「どうして、とは？」

「わざわざ探してくれるなんて……」

リーンが小声で言うと、ヴィストルは足を止めた。

「お前はわたしのものだ。であればお前のコムにも責任を持つのは当然だ」

「……」

「アーベントは優秀だ。もし外にいるならすぐに見つけるだろう」

そしてヴィストルは、再び歩きはじめる。リーンもすぐにそのあとを追った。

「あの黒い獅子は、閣下のコムですよね」

「そうだ」

「初めて見ました。獅子なんて」

「あれは以前、わたしが自分の手で捕まえたものだ。公爵家を継いだ少しあとだったか。隣国との戦の際に、この手で捕らえてきた」

「捕らえた!?」

「そうだ。あの折の戦では、この頬の傷とアーベントを得た」

ヴィストルは言う。

「あのときの戦は長引いていて、まともに闘えばたとえ勝ったとしてもこちらの被害も甚大《じんだい》になる恐れがあった。そのため、国境の森を通り抜けて敵に奇襲をかける作戦を取った。そのとき出会ったのがアーベントだ。まるで森の番人のようにわたしたちの前に立ち塞がった。だから誰に命じるでもなくわたしが直に対峙《たいじ》したのだ」

「……」

リーンは想像してぞっとする。

森の中からあの獅子が姿を見せたときのことを。そしてあんなに大きな獅子と一対一で向かい合うことを。

アーベントがヴィストルのコムだと知っていても、対峙することは怖かった。なのに誰のものでもなかったときの獅子と…と想像すると、ヴィストルの勇敢さに驚かざるを得ない。

ヴィストルは続ける。

「三時間ほど睨み合ったか。ほどなくアーベントはわたしの足下に跪《ひざまず》いた。そのときから、彼はわたしのコムだ」

淡々と事実だけを述べるヴィストルに、リーンは圧倒される。

「そ――そうだったんですか。その前のコムは……」

「死んだ」

「え……」

「物心つく前だ。それからアーベントに出会うまでコムはいなかった」

「で、では、ずっとお一人で……？」

「そうだ」

ヴィストルは当然のことのように言うが、リーンは戸惑いが隠せなかった。

（ずっと一人……）

想像するだけで寂しくて寒くなる気がする。

リーンは物心ついたときからずっとムーと一緒だった。楽しいときは一緒に笑って悲しいときは励まし合って暮らしてきた。ときには家族よりも大切な、誰より大切な友達として、自分の分身のように。母が死んだときも、ムーがいたから乗り越えられた。

なのに彼は、ずっと一人だったという。

平気……だったのだろうか。

「お一人で、お寂しくはなかったのですか？」

思わず尋ねてしまう。するとヴィストルはまた足を止め、怪訝《けげん》そうに見つめ返してきた。

どうしてそんなことを尋ねるのかわからない、といった視線だ。

だがリーンがじっと見つめると、ややあって、どこか遠くを見るような眼差《まなざ》しを見せる。

引き結ばれていた唇がゆっくりと開いた。

「不自由はなかった」

短く言うと、ヴィストルは無言で歩きはじめる。

それからしばらく、二人は何も話さずムーを探し続けた。

◆

ヴィストルが呟くように言ったのは、それから二十分ほど過ぎ、二人で城内の地下にいたときだ。

「いたようだ」

慌てて周囲を見回したが、ムーの姿はない。

どこに、と尋ねかけ、遅ればせながら、リーンは公爵のコムがムーを見つけたという意味だと気付いた。

リーンには何が起こったのかわからなかったが、ヴィストルは彼のコムがムーを見つけたことを、なんらかの方法で知ったのだろう。

（すごい……）

ヴィストルと彼のコムとは、離れていても通じ合えるほど絆が深いということか。

彼のコムがムーを見つけてくれたことよりも、そのことの方に驚く。

リーンもムーと仲のいい方だと思っているし、友人たちにもコムと不自由なく会話ができることを羨ましがられていた。だが離れていてもテレパスで通じ合えるほどには至っていない。

直後、疑問がふと頭を過《よぎ》った。

過日、ムーに手紙を託して実家に行かせようとしたときのことだ。あのとき、リーンたちは獅子に見つかった。なのにどうして、獅子は見逃してくれたのだろう。獅子とヴィストルが通じ合っているなら、獅子がリーンやムーに会ったことを即座にヴィストルも知ったはずだ。ならばその場で、獅子にリーンやムーの足止めを命じることもできただろうに。

コムからヴィストルへのテレパスは可能でも、逆は不可能だということだろうか。

でもそんな話聞いたことがない。コムと主人は常に相互に干渉し合うはずだ。リーンとムーも、会話ができるようになったのは同時だった。

だとしたら――。

見逃してもらえた理由は一つしかない。

獅子が見逃してくれたからではなく、獅子がリーンたちを見かけたと同時にヴィストルもまたそれを知ったが、彼が獅子に何も命じなかったからだ。

ヴィストルが、見逃してくれたからだ。

(どうして……)

彼の言うことを聞かず、実家に手紙を届けようとしたのに。

「行くぞ、外だ」

だがリーンがその疑問を口にするより早くヴィストルはリーンの腕を取り、足早に外を目指す。

獅子がいる場所もわかるのだろう。

月明かりの中、ほとんど引っ張られるようにしてついていくと、木々が生い茂った城の奥の奥。森との境の辺りに中空を見上げている獅子がいた。

辿り着いたリーンは、つられるように上を見る。と、そこには大きな木の上で動けなくなっているムーの姿があった。

「ムー！」

見つかったことにはほっとしつつ、しかしあまりに高いところにいるムーに驚きつつ、リーンは大切な友達の名前を呼ぶ。

「ムー……なんでそんなところに……」

すると木の上から、小さくリーンの名前を呼ぶ声が聞こえた。

《リーン……おりられないよ～》

助けを求めるその声は、泣き声混じりだ。

《ごめんなさい、リーン。ぼく、リーンをげんきにしたくて、ノコノコの実をとってきてたべさせてあげようと思ったんだ……。でもみつからなくて、たかいところからみたら、わかるとおもって……っ》

「っ……」

リーンは唇を噛んだ。やはり自分の言動のせいだったのだ。

「待ってて！」

リーンは声を上げると、助けに行こうと試みる。だが、枝を掴んでも滑ってしまい、どうしても上手く登れない。

「くっ……」

それでも諦められず、飛び上がるようにしてなんとか登ろうとしていると、

「やめろ。危険だ」

傍らからヴィストルに止められる。

「でも！」

リーンが声を上げたときだった。

隣にいる獅子が、低く、唸り声を上げる。

はっと上を見れば、ムーが自分で降りてこようとしているのが見えた。

リーンの姿が見えたことで、気持ちが逸《はや》っているのだろうか。脚を伸ばし、手を伸ばし、枝や木の幹の凸凹《でこぼこ》を辿り、少しずつ少しずつ降りてこようとしている。だがそのさまはあまりに不安定で危険だ。

「ムー！　無理しないで！」

リーンは叫ぶ。実際、ムーの動きはとてもではないが下に降りてくるまで続きそうにない。

もし途中で疲れて、足や手を滑らせたら――。

「ムー！　危ないよ！　僕が行くから！」

しかしリーンがそう叫んだ直後、
短い悲鳴と共に、ムーの足がずるりと滑る。

《アッ――》

咄嗟に枝を摑んだが、足場はなく、ムーは宙ぶらりんの格好になってしまった。

「ムー!!」

《リーン!　リーン――!》

リーンとムーの悲鳴のような声が重なった次の瞬間。

ザッ……と草が擦れる音がしたかと思うと、風がリーンの髪を揺らす。

はっと息を吞んだのとほぼ同時に、黒いものが飛ぶように木を登っていくのが見える。

あの獅子だ。

黒くしなやかな身体は、まるで重さなどないかのように俊敏に木を駆け上がっていく。

だが幹や枝を蹴る衝撃のせいか、枝に摑まっていたムーの身体が大きく揺れたかと思うと、その揺れに耐えられなかった手が、枝からふっと離れる。

《わっ――わ、わっわっ――!》

「ムー!」

落ちる!　とリーンが叫び声を上げた刹那《せつな》。

黒い獅子がひときわ大きく跳び、ムーの首筋を銜《くわ》えて受け止めた。

（よ……かった……）

落ちずに済んだことに、リーンはほっと胸を撫で下ろした。

その途端、張りつめていた緊張が解け、がくんとしゃがみ込みそうになる。その身体を、背後からがしりとヴィストルに抱き留められた。

「もう大丈夫だ」

いつものように抑揚《よくよう》のないヴィストルの声。だが今は、その落ち着きが頼もしく感じられる。

リーンは彼に向かい合うと、ぱっと頭を下げた。

「ありがとうございました。その…本当に……」

「礼など不用だ」

「そんなことありません！　助かりました……」

自分一人では、絶対に見つけられなかっただろう。見つけられずにいたら、ムーが無茶をして落ちていたかもしれない。

《リーン！》

そうしていると、少し先の地面に降りた獅子が、銜えていたムーを放す。リーンは駆け寄ると、ムーの小さな身体を抱き上げ、抱き締めた。

「ムー……！　よかった……！」

安堵に目の奥が熱くなる。

「ごめん。僕があんなこと言ったせいで……」

《ううん》

リーンが謝ると、ムーは首を振る。そして心配そうに、リーンの顔を覗き込んできた。

《でもリーン、もうげんきになった?》

「え…う、うん。うん……」

思わずぎゅうぎゅうと抱き締めると、《くるしいよ～》と、ムーは身を捩《よじ》る。だがその顔は笑っていて、だからリーンも笑顔で頬ずりした。

「よかった……本当によかったよ」

そして噛み締めるように言うと、リーンは改めて傍らの獅子を見た。

雄大でしなやかな黒い身体。艶のある鬣《たてがみ》は間近で見ると一層美しい。だがその体のあちこちに、今は葉や木の皮が付いている。ムーを助けてくれたときのものだろう。

「……ありがとう」

リーンはムーを抱いたまま、アーベントに言った。

「本当にありがとう。おかげで、僕のムーが無事だった。ありがとう……」

言葉は通じない。けれど少しだけでも気持ちを届けたくて、心からの感謝を込めて伝える。すると、腕の中のムーが《おろして》と頼んできた。

草の上に降ろしてやると、ムーはアーベントを見上げ《ありがとう》とお礼を言う。言葉は通じないはずだが、ムーも言わずにいられなかったのだろう。

するとアーベントは自分を見上げてくるムーに顔を寄せ、その首筋をそっと舐める。

「!?」

《!?》

リーンとムーは同時に驚いたが、直後、同時に気付いた。

助かった興奮と安堵のせいで今の今まで気付かなかったが、ムーの首に小さく傷ができていたのだ。アーベントに助けられたときのものだろう。牙が当たったせいか血が滲んでいる。

その傷を優しく舐めるアーベントを見ていると、改めて感謝の気持ちが湧いてくる。ムーもされるままだ。今までなら怖さで固まっていたのに、やはり助けてもらったことで感謝と親しみが湧いているのだろう。

そんな姿に思わず笑みを零していると、ヴィストルが静かに近付いてきた。

夜の似合う闇公爵は、自身の化身のようなコムに手を伸ばすと、優しく頭を撫でる。

働きを労《ねぎら》うような手つきと視線は、深い愛情と信頼を感じさせる。

その横顔を見つめていると、彼のことをもっと知りたいという思いが突き上げてくる。

冷たくて一方的で怖い人だと思っていた公爵。けれど彼はそれだけの人じゃなかった。自分の方こそ噂を信じ込んで彼に偏見を抱いていた。

今更もう遅いかもしれないけれど、できるなら、彼ともっと話がしたい。彼を知りたい。

色んなことを話す前に、色んなことを知る前に、ただ駆け足に結婚してしまったから。

そう思ったとき、自然に言葉が零れていた。

「その、閣下…すみませんでした。昼の…あの……」

「……」

「僕、今まであなたのこと……てっきり……」

「謝る必要はない。自分がどういう噂をされているかは知っている。面倒で訂正しなかったのはわたしだ」

「……」

「それに、あの噂のせいで周りからしつこく結婚を仄めかされることがなくなって助かっていたところだ。最初と二度目のときは、自分の娘を売り込んでくる輩《やから》が煩《うるさ》くてかなわなかった」

当時のことを思い出したのか、皮肉めいた笑みを零すと、ヴィストルはリーンにムーを連れて城へ戻るように告げ、自身も城へ帰ろうとする。

「待って下さい！」

そんなヴィストルの前に回り込むと、リーンは言った。

「閣下、少しお話しがあります。お話しというか、お願いなんですが」

「願い？」

「はい」

どうか拒否されませんように、と息を詰めて見つめると、ヴィストルは「続けていい」というように微かに頷く。

いくらかほっとしながら、リーンは続けた。

「あの…わ、我《わ》が儘《まま》なお願いだということは承知してるのですが、もう少し閣下とお話しできれば……と……」

「願いなど大抵は我が儘なものだ。だが話したいとはどういうことだ」

「ですからその……できればもう少し、閣下のことを知りたいと思ったんです。今日の昼間、閣下が仰られたように、僕はずっと噂を信じていました。ただの噂なのに疑いもせずそれを信じていて…結婚してからもずっと信じていて、本当はどうなのか尋ねることもしなかったことが恥ずかしいんです。だから――」

「なら信じたままでいればいいことだろう」

ヴィストルは、リーンを嗤《わら》うように口の端を上げた。

見つめてくる瞳も、今までの昏《くら》い穴のようなそれではなく、こちらを揶揄《やゆ》するような気配を帯びている。

だがそんな視線を受けながら、皮肉にもリーンは今までにない喜びを覚えていた。

ぶつけられた言葉も、嘲《あざけ》るような笑みも視線も、全部が痛い。けれど、初めて、ヴィストルがきちんと自分を見てくれた気がする。

リーンはもう一歩ヴィストルに近付くと、彼を見上げて見つめた。

「でも、僕は、知りたいです。あなたのことをちゃんと……もっと」

心からの気持ちを込めて言うと、ヴィストルは一瞬息を呑む。

目を眇《すが》め戸惑うようにこちらを見つめてくると、ややあって、

「必死なことだ」

そっとリーンの頬に触れてきた。

その言葉は、初めて出会ったときにも聞いた言葉だ。だが今は少し違う響きを湛《たた》えている気がする。瞳が、触れてくる手が思いがけず優しいせいだろうか。

息を詰めて見つめるリーンに、ヴィストルはぽつりと呟くように言った。

「その瞳は何を見ている？　何を見ようとしているのだ。わたしの何を知りたくて、そんな顔をする」

その声からは彼らしくない惑いが感じられる。

頬に触れていた手が顎に触れ、不意に、そこをグッと摑まれた。

それでもリーンが視線を外さずにいると、ヴィストルはそんなリーンをしばらく見つめ、やがて、

「物好きなことだ」

と苦笑した。

そしてふっと手を離すと、ゆっくりと髪を掻き上げる。

それからどのくらいが過ぎただろうか。

夜の森がますます暗さを増したころ、ヴィストルは一息つくと、静かに話しはじめた。

「わたしに改まって話すほどのことは何もない。強《し》いて言うなら、わたしには、弟と妹がいたことぐらいか。今はどちらもいなくなってしまったが」

「ご弟妹が？」

「そうだ。母は愛情のない家同士の結婚をし、跡取りを生まなければという義務感だけでわたしを生んだためか、わたしとは疎遠だった。弟と妹は母と暮らし、わたしは乳母と暮らした。父は外に妾《めかけ》を作り、家には帰らなくなった。わたしに愛情のない母と家に帰らない父から贈られたコムは、わたしが三つの歳になるかならないかのうちに死んだ。そしてわたしが五つになったその年に、流行病《はやりやまい》で弟が、次いで妹が死んだ」

淡々と、声が降る。息を詰めて、リーンは聞き続ける。

「母は悲しみ、一人だけ生きているわたしを恨んだ。跡継ぎであるわたしは好きでもない男に身を任せた証のようなものだからな。母はいつまでもわたしを憎んだ。そしてそのまま、弟たちを追いかけるように死んでしまった」

声は続く。

「その後父も病にかかり、やがて死んだ。それと前後して、わたしは公爵家を継いだ。戦に出て顔の傷とアーベントを得た。それからはずっとあれと一緒だった。あれは忠実な部下だった。そう——友人というよりも部下だ。だが友人でもある。わたしの気付かぬところまで察してくれることがある。しばらくはあれと二人で過ごした。そして適齢期が来ると、周囲が決めた通りに家のために相応《ふさわ》しい妻を迎えた。それが仕事だからだ。この家に生まれたわたしの仕事。だが妻は病で倒れ、そのまま亡くなった。次に娶《めと》った二番目の妻は、結婚して数日後に出奔《しゅっぽん》した。おそらくは駆け落ちでもしたのだろう」

「！」

瞠目《どうもく》するリーンに、ヴィストルも薄く笑う。

「だがそんなことをそのまま相手の家に告げることは憚《はばか》られた。もしわたしが告げたなら、即座に追っ手がかかり、二番目の妻は連れ戻され、共に逃げた男は殺されただろう。わたしを憎む妻と子をなし、第二のわたしを作り出すなど、ぞっとする。だから『いなくなった』とだけ伝えると、相手の家は最初の妻のことを引き合いに出し、陰でわたしが殺しているのではという噂を流しはじめた」

「そんな……」

リーンは思わず声を上げたが、そんなことを発端《ほったん》にしていた噂を自分も信じていたのかと思うと、改めて情けなくなってくる。

唇を噛むリーンに、ヴィストルは続ける。

「三番目の妻は、今日も話した通りだ。病で死んだ。ある日突然倒れて、そのまま息を引き取った。だから二人目の妻のときに流された噂も相まって、妻の家族でさえもわたしが毒殺したのだと思っているようだ。そして四番目の妻は、行方知れずだ」

「え……」

「森の奥でコムの骸《むくろ》が見つかったから、逃げようとして途中で死んだのやもしれん。彼女も嫁いできたときから、わたしが三人の妻を殺したと信じ、怯えていたからな」

そしてヴィストルは、思い出すようにふっと目を閉じる。

直後、再び瞼を上げると、ひたとリーンを見つめて言った。

「これがわたしだ。母に愛されず弟や妹とも共に暮らせず死に別れ、四人も妻を娶ったが、結局、いまだに愛というものがよくわからぬままだ。そしてわたしとかかわった者は皆……あまり幸せにはならぬ」

「……」

その声は、話しはじめたときと変わらず淡々としている。冷たく冴えた、感情の窺えない声だ。

聞いているだけで寒くなるようなそんな声だ。

けれど。

ならば。

そんな声を零す彼こそが一番に寒く凍《こご》えているのではないだろうか。

リーンはそろそろと手を伸ばすと、ヴィストルの頰に触れる。傷を辿ると、冷たいそこに胸が軋《きし》む。温めたくてそろそろと何度も辿る。だが直後、手首を摑まれ、静かに引き剝《は》がされた。

「閣下……」

「だからお前もわたしとはあまりかかわらぬ方がいい。——きっと」

そしてヴィストルは、もうリーンを見ずに歩きはじめる。その後ろには黒い獅子が影のように付き従っている。

だがリーンはすぐに動けなかった。ヴィストルの今の言葉が胸に刺さったままで動けないのだ。いつも冷たく突き放すような、素っ気ない彼の言動。けれどそれはもしかして、自分が彼に近付かないようにとしていたことなのではないだろうか。

考えすぎだろうか？

けれど彼がふと見せたときの優しさは、本物のような気がするのだ。本当の彼がふと顔を覗かせた瞬間のような気がする

ややあって、リーンもムーを抱いて城へ戻ったが、胸の中ではヴィストルの言葉がいつまでも回り続けていた。

◆
◆
◆

「『わたしとはあまりかかわらぬ方がいい』――か……」
翌日。リーンはいつものようにムーとの朝食を終えると、部屋へ戻り一人溜息をついた。
ヴィストルのことを誤解していたかもしれないという思いを発端に、彼ともっと話してみたい、と自分の気持ちを伝えてはみたが、まさかあんな話を聞くことになるとは思っていなかった。
思っていた以上に彼のことを知ることができたせいか、昨日からずっと彼のことが気になっている。
以前よりももっと。
《ねえねえ、リーン》
すると、そんなリーンの耳に、ムーの声が聞こえた。
《リーン、おねがいがあるんだ》
「何？　ごはんなら今食べたばかりで……」
《ちがうよ！》
ムーはぴょん、と飛び跳ねて言った。
《これから、へやのドアをすこしあけててほしいんだ。ぼくがそとにでられるように！》
「外？　駄目だよ外なんて！　昨夜あんなに――」

《だいじょーぶ！》

リーンの言葉を遮るようにムーは言うと、腰に両手をあて「えへん」と胸を張るようにして言う。

《らいおんさんといっしょなんだ！　だからだいじょーぶ！》

「ライ…ライオンって、アーベントのこと!?　公爵のコムの黒い獅子……」

《うん！　きのうおはなししたんだ！　もりにはもっといっぱい木の実があるんだって！　つれていってくれるって！　そうだ！　ノコノコの実もライオンさんがさがして、とどけてくれてたんだよ！》

「ノコノコの実を!?　あの獅子が!?　――って……いつの間にそんな話を……」

《リーンがこうしゃくさまとおはなししてたときだよ。だからねえ――ドアをあけててよ。だいじょーぶ！　ちゃんとかえってくるから！》

「ちゃんと、って……」

まさかそんなに仲良くなっていたなんて。

それに、ノコノコの実を届けてくれていたのがあの獅子だったとは。

（ってことは、ずっとムーのことを気遣ってくれてた、ってこと……？）

知らない間に随分世話になっていたようだ。

リーンは驚かずにいられない。

そんなリーンを、ムーは期待に満ちた目で見上げてくる。

この城に来てからずっと色々と我慢をさせていたムーの希望だ。叶えてやらなければ、とベッドから立ち上がると、リーンは薄くドアを開ける。

「ほら、これでいい？　僕がいるときもいないときもこれぐらい開けておくよ。夜は閉めて寝るけどね」

《うん！　ありがとう！　じゃあぼく、でかけてくる！》

「え――も、もう？」

《うん！》

ムーは言うと、

《これはおべんとうにする！》

と、今日もドアの前に置かれていた木の実を一つ、二つと両手に抱え、楽しそうに部屋を出ていく。

残されたリーンはムーの言葉を思い出し、驚きにふうっと息をついた。

最初はアーベントのことを怖がっていたのに、一緒に出かけるほど仲良くなるなんて。

（……待てよ）

ということは、自分もヴィストルとそのぐらい仲良くなっているということなのだろうか。

コム同士が惹かれ合うと、主人同士も惹かれ合う――そんな考えが頭を過る。

「まさか」

ヴィストルは確かに自分と話をしてくれた。けれど、それはリーンが頼み込んだからだ。

(でも、頼んだら話してくれた、ってことはやっぱり彼も最初より優しくなってるってことなのかな……)

それに、気が付けば、リーン自身もヴィストルに対して興味を持つようになっている。

コムが親しくなるように、自分たちも親しくなりはじめているのだろう。

想像して、リーンがドキドキしはじめたとき。

「失礼致します。リーンさま、いらっしゃいますでしょうか」

コンコンとノックの音が聞こえ、執事のナルダンの声がする。

大きくドアを開けると、彼は「失礼致します」と頭を下げ、「これを」と大きな封筒を渡してきた。

「?　これは?」

「さきほど、リーンさま宛に届いたものです」

「僕?」

リーンは、腕の中の重たいものを抱え直しながら首を傾げた。

父か妹からのものだろうか。考えながら、リーンは封筒を裏返す。そこに書いてある文字を見た途端、

「ちょっ、ちょっと待って下さい！」

大きな声を上げ、下がろうとしていたナルダンを引き止めていた。

そこには、リーンが教鞭《きょうべん》をとっている大学の名前が書いてあったのだ。

もしかして、解雇通知だろうか。ヴィストルが手を回して？

慌てながら、リーンは封を開ける。だが中身を見て瞠目した。そこに入っていたのは、学生たちからのレポートだったのだ。

「こ——これ、どういうことですか!?」

リーンは封筒を抱えたまま声を上げる。まさかこんなものが送られてくるなんて想像もしていなかった。だが、ナルダンは首を振る。

「……さあ。わたくしは、何も」

「じゃあ、閣下はどこに——」

「存じません。執務室にはいらっしゃらないようですが」

「教えて下さい！　すぐ会いたいんです！」

「わたくしは、本当に何も——」

「じゃあ、自分で探します！」

これでは埒が明かない、と、リーンは封筒を抱えたままヴィストルを探しに駆け出した。

途中、顔を合わせたメイド全員にヴィストルの居場所を尋ねる。

今までは、チラチラ見られて目を逸らされると話しづらくてリーンの方も避けていたが、今はそんなことは言っていられない。

五人目に訊《き》いたところで、リーンはやっとヴィストルの居場所を知ると、まだそこにいてくれることを祈りながら中庭を望む回廊へ向かう。

すると果たして。

そこには、何をするともなく中庭を眺めているヴィストルの姿があった。

その佇まいは近寄り難《がた》い静けさと優美さ、そしてどこか寒くなるような寂しさを漂わせている。息をするのも憚られる張りつめた空気。その空気の中心にいるヴィストルを見つめていると、リーンは胸が痛くなる気がした。

自分に何ができるわけでもないとわかっていても、彼にそんな顔をさせたくないと、そう思ってしまう。人を寄せつけない雰囲気であっても、本当は冷たいわけじゃない彼だから。

リーンがそろそろと近付くと、気付いたヴィストルが片眉を上げてこちらを見た。

「……」

だが、何も言わない。

リーンはヴィストルの前まで近付くと、「これが届きました」と、封筒を見せた。

「大学からのもので、中には学生たちのレポートが入っています」

「それで？」

「それで……」

リーンは言葉を探した。

「それで、その…これはあなたが送るように取り計らってくれたものじゃないかと思ったんです。だから、お礼を、と」

大学に行けなくなってから、半月が経つ。急にこの城から出られない毎日になってしまったから、大学にも学生たちにもなんの事情も話せていない。

そんなリーンが大学と唯一コンタクトを取れたとすれば、それはヴィストルを通してだ。

リーンの言葉は届けられていないけれど、「大学にはわたしから」と言っていたヴィストルの言葉が正しければ、リーンが今どういう状況にあるかは、彼が大学に伝えてくれたはずだから。

そしてこうしてレポートが送られてきたということは、彼がその旨指示したに違いない。

（もう一生男の妃として、この城の中で籠の鳥として暮らしていかねばならないのだと思っていた。でもこれなら、大学に行かなくても学生たちと繋がっていられる……）

学生たちには申し訳ないことになってしまったが、それでも授業を途中で放り出してしまうよりはずっといいはずだ。

リーンは信じられない喜びにぎゅっと封筒を抱き締める。そのときふと、ムーのことを思い出した。彼も、ヴィストルのコムからの贈り物を喜び、抱き締めていた。

（同じだ……）

ひょっとして、今までにもこんな風に似たことがあったのだろうか。自分の気付かないところで。

彼のコムがリーンのコムを気遣ってくれていたように、彼も自分を。

想像すると、胸が疼いた。その疼きは切ないのに甘く、リーンを俄《にわか》に落ち着かなくさせる。

すると不意に、ヴィストルの指がリーンの持っている封筒に伸びてくる。

彼はその中から無造作に一つのレポートをするりと抜き出すと、それを読みながら言った。

「取り計らうも何も、大学のことで大層な啖呵《たんか》を切ったのはお前だろう。わたしは、わたし相手に大きな口を叩いたお前の仕事がどの程度のものか、確かめたかっただけだ。生徒を見れば教師の質も知れるからな。……この学生は詩作をしているのか」

「あ——は、はい。多分、全員してると思います。まだ見てませんけど、直前の授業で詩の技法についての講義をしていて、次の時間には実際に詩作をしてもらう話をしていたので」

その後、大学には行けなくなってしまったのだけれど。

リーンが言うと、ヴィストルは一通り眺めたレポートをリーンに戻し、次のものを取る。

(まさかここで全部読むつもりじゃない…よね)

リーンが思ったときだった。

「お前は作らないのか」

レポートに目を落としたまま、ヴィストルは言う。思わぬ言葉に、リーンは「えっ」と声を零した。

視線が絡む。

「お前は作らないのかと尋ねたのだ」

すると再びヴィストルが言う。

リーンは「ええと……」と口籠《くちご》もった。

文学史と数名の詩人の研究を主に行っているリーンは、現在は詩作はしていない。学生時代から研究者になってしばらくはやっていたのだが、今はまったくだ。

リーンが気まずく感じながら「作りません……」と小声で答えると、「作らない？　なぜだ」と、咎めるような声音がした。

「学生にはやらせておいて、お前は作らないとは」

「む、昔はしていたんですが、今はあまり……。才能もないみたいで」

「作らなければわからないこともあるだろう。――作れ」

「ええっ⁉　い、今ですか？　ここで⁉」

「さっさと作れ。題材はなんでもいい。出来によっては、再び教鞭をとる機会を与えることを考えてやってもいいが」

「え……」

本当に？　と見つめれば、ヴィストルはそんなリーンを真っ直ぐに見つめ返してくる。

どうやら嘘ではないようだ。

（また大学に……）

リーンはそれを励みに、なんとか詩をひねり出そうとする。

だが、急だからか緊張しているからか、言葉は何一つ思い浮かばない。

今まで何十編も何百編も読んできたものなのに、頭の中が真っ白になって何も思いつかない。

するとややあって、

「もういい」

呆《あき》れたようにヴィストルは言い、持っていたレポートをリーンに渡して去っていってしまう。

その背を見つめながら、リーンは真っ赤になった。

せっかくの機会を逃してしまったことが悔しい。

「け、けど急にあんなこと言われてもさ！」

悔し紛れにそう言うが、自分のふがいなさを思い知らされ落ち込んでしまう。

それに、考えてみればヴィストルの言う通りかもしれない。自分でも、ずっと気になってはいたのだ。上手なものではなくても、立派なものではなくても、自分でもまた作ってみたい、と。

それに、思えばヴィストルから何か「しろ」と言われたのは初めてかもしれない。

「するな」と言われたことはあるけれど。

「作って、みようかな……」

リーンは自分の部屋に戻りながら、ぽつりと独りごちる。

再び詩作を開始すれば、その経験が学生の指導に役立てられるかもしれない。それになにより、たとえ気まぐれでも、ヴィストルが望むことなら挑戦してみたい気がした。

◆

しかし、そう決心して部屋へ戻り、レポートを読みながら詩を考えていても、内容はおろかタイトルも何一つ思い浮かばなかった。

「僕……本当に才能ないんだな……」

昔からそんな気はしていたが、本気で考えてみても何も思い浮かばないとは。

そんな自分に落ち込みつつレポートを読むと、拙《つたな》いながらも一生懸命作っている学生たちの詩が以前よりもっと大切なものに思える。

「でもこの学生は、きっと前回の授業をちゃんと聞いてなかったな」

課題は定型詩だったにもかかわらず自由すぎる詩を提出してきた学生に苦笑していると、

《ただいまー！》

ムーの声がした。

顔を向けると、毛並みをくしゃくしゃにしたムーが立っていた。両手には、出ていったときよりも大量の木の実がある。

彼は興奮した様子で《すごくたのしかったよ！》と声を上げた。

きらきらしている瞳を見れば、どれだけ充実した時間が過ごせたかがわかるようだ。

「よかったね。おかえり」

リーンがペンを置き、両手を差し出すと、床に木の実を置いたムーは勢いをつけて膝の上にジャンプしてきた。

《いろんなところにいったんだよ！　らいおんさんにつれていってもらったんだ！》

「そっか」

《うん！　木の実がいっぱいだった！　あとおはなも！　おはなのみつにはいろんなあじがあるんだよ！　しってた？》

「う――うん。まあね」

興奮しすぎているようにも感じられるムーを宥《なだ》めるように、リーンはその背を撫でる。

すると、

《あれ、これはなに？》

ムーが背伸びをするようにして机の上のレポートを見る。

リーンは「学生のレポートだよ」と説明した。

「大学から届いたんだ。公爵がそうするようにしてくれたみたいで」

《そうなんだ！　これも？》

言いながら、ムーがひらりと手に取ったのはリーンの詩が書きかけになっている一枚の紙だ。

「そ、それは違うんだけど……」

リーンが赤くなりながら取り返すと、ムーは不思議そうに目を瞬かせる。仕方なく、リーンはさらに説明した。

ヴィストルに言われて詩作を試みていること。でも難しくてなかなかできないこと……。

するとムーは、ふんふんと頷きながら話を聞いたのち、

《ぼくできるよ！》

と飛び跳ねた。

「え——で、できるの!?」

《うん！　ええとね……》

そして、えへん、と小さく咳をして紡ぎはじめた詩は、拙いがきちんとした定型詩になっている。

「ど、どうしたの、ムー！　なんで……いつの間に……」

その出来に驚きつつリーンが言うと、ムーは「えへへ」とにっこり笑った。

《いつもリーンがかんがえてることだから、ぼくもなんとなくわかるようになったんだ。あとね、だいすきなもののことをかんがえると、しぜんにできちゃうんだよ！》

弾む口調でムーは言うと、膝の上から飛び上がり、机の上に着地する。

「大好きなもの……？」

リーンが顔を寄せながら尋ねると、

《うん！　らいおんさん！》

リーンは瞳を輝かせ、目の前でぴょんぴょんと跳ねながら言う。

《♪おでかけ〜♪　♪いっしょにー♪　♪もりーのーなか〜♪》

しかも機嫌よく歌いはじめたムーに、リーンは目を丸くせずにはいられない。

ムーはたった一日でもうすっかりアーベントに夢中なようだ。

ならば、そんなコムを持つ自分は……。そしてアーベントをコムに持つヴィストルは？

「あ、あのさ。ムー」

《ん？》

まだ鼻歌を歌いながら、ムーは「なあに」と首を傾げる。

リーンは迷ったものの、思い切ってムーに尋ねた。

「その…お前はあのライオン、大好きなんだ？」

《うん！》

「じゃ、じゃあ向こうは？　アーベントはお前のことどう思ってるって？」

《わかんない。でもたぶんぼくとおなじじゃないかな〜》

「同じ、って」
《だってキライだったらいっしょにでかけたりしないし》
「そ、それはそうかもだけど……」
《きいたほうがいい？》
「い、いや！　訊かなくていい！　ただちょっと…気になったから」
《……》
慌てて顔の前で手を振りムーの提案を却下する。しかしムーは心配そうな瞳だ。
《リーン、なにかこまったことがあったの？》
「え……。いや、別に」
《でもこまったかおしてるよ。なやみがあるの？》
「……ないよ」
《ぼくには、はなせないこと？》
寂しそうにムーが言う。リーンは首を振るとムーを抱き締めた。
「そんなわけじゃないよ。本当に…何もないだけ。っていうか僕が一人でぐるぐる悩んでるだけっていうか」
《ぐるぐる？》
「うん。でも――なんかそういうのって嫌だよな。やっぱりお前みたいに好きなものは好きって言って楽しくしてる方がいいし。そういう方が僕らしいって思うし」

《？？　よくわからないよ？》

首を傾げるムーに、リーンは笑う。

「気にしなくていいよ。単に、僕も自分の気持ちを認めなきゃ、ってことだから」

リーンは言うと、一層ムーを抱き締める。

出会いは最悪で、しかも噂なんかを信じていたから「彼」に対して浮かんだ気持ちも自分で打ち消していた。

けれど、今はもう認めざるを得ない。

（僕、あの人のことが好きなんだろうな……）

リーンはムーを抱き締めたまま、胸の中で独りごちる。

しかし「好き」と言葉にした途端、恥ずかしさのような照れのような感情が一気に込み上げ、リーンはみるみる赤面した。

（い――いや、「好き」って言っても人間としてっていうか、特別な意味なんかなくて！）

胸の中で言いながら頭を振るが、そうする端から彼と過ごした時間が思い出され、ますます赤くなってしまう。

彼の香り。触れてきた指。彼の重み。身体の奥まで埋められた彼の熱……。

「っ……」

リーンは真っ赤になったまままさらに頭を振る。だが、身体と心に残るヴィストルの記憶はまったくなくならない。それどころか、こうしているだけで身体のあちこちにじわりと彼の気配が蘇ってくるかのようだ。

（ちが……違うって——！）

リーンは首を振ると、自分に言い聞かせるように繰り返し胸の中で呟く。

だいたい、彼も自分も男なのだ。結婚したとはいえ、それは形だけのこと。彼は自分のことなどこれっぽっちも好きではないだろう。

そして自分も、彼のことなど——。

「好き…なわけないし……。男同士なんだし……形だけなんだしさ……」

リーンは呟いたが、その声は自分のものとは思えないほど弱く頼りないものだった。

◆

◆

◆

翌日。

《リーン！　リーン！　もう朝だよ！　はやくごはんをたべようよ！》

リーンはベッドの上に突っ伏した格好のまま、ムーの声で目を覚ました。

「ん……？」

しょぼしょぼとした目をなんとか開け、またすぐに閉じてしまいそうになるそこを擦りながら身体を起こせば、なんと服も着たままだ。

余計なことを考えたくない気持ちもあって、夜遅くまでレポートを読み続けていたことは覚えているが、どうやらそのまま倒れるように眠ってしまったらしい。

「あ……いま、なんじ……」

《ごはんのじかん、だよ！　はやくはやく！　ぼくおなかがすいたよ！》

気を抜くとまたうとうとしてしまいそうなリーンの耳に、ムーの不満そうな声が届く。

ベッドの上でぴょんぴょん飛び跳ねられ、身体がぐらぐら揺れる。

「わ――わかった。わかったから、ちょっと待って」

リーンは頷くと、ふう、と小さく息をつく。そして「シャワーを浴びて着替えるから」と言い置いて、隣のバスルームへ向かった。

「はー……」

頭から熱いシャワーを浴びながら、リーンは大きく息をついた。

昨夜、ヴィストルのことが好きだと気付いてからというもの、そのことばかりが気になってしまい、大変だった。

学生たちのレポートを読んで、他のことは考えないようにしたつもりなのに、気付けばヴィストルのことばかりが頭に浮かんでしまい、なかなか読み進められなかった。

「まったく、しっかりしろよ」

シャワーの水しぶきの中、リーンは自分に向けて少し強い口調で言う。

「好き」という言葉に振り回されすぎだ。自分たちの間には、恋も愛も関係ない――そのはずなのだから。

だがそう思おうとするたび、ヴィストルがふと垣間見せた優しさや気遣いに胸を揺さぶられ、気持ちがかき乱されてしまう。

「食事が一緒じゃなくてよかったな……」

シャワーを止めながら、リーンは呟く。

一人で悩んで混乱して悶々として。そんな自分の顔なんて、彼には見せられない。

リーンはバスルームから出て髪を乾かすと、身支度を調える。

「よし。じゃあ行こうか」

《うん！　もうおなかぺこぺこだよ》

そしてムーを伴い、いつものようにダイニングルームへ赴《おもむ》く。

いつもの朝だ。

自分がぐるぐる悩んでいるからこそ、いつもの朝がありがたい。

だが、今日は「いつも」が「いつも」ではなかった。

朝食を食べはじめて、五分も経ったころだろうか。

ダイニングルームに、アーベントを伴ったヴィストルが姿を見せたのだ。

《あ！　らいおんさん！》

ムーは食事の手を止めて無邪気に訊くが、同じことを訊きたかったはずのリーンは声を出せないままだった。

《どうしたの？》

どうして急に、彼が。

今までは顔も見せなかったのに。

戸惑うと共に、昨夜から続く自分の葛藤を思い出して、胸がドキドキしはじめる。

だがリーンがちらりと目を向けても、テーブルの角を挟んだ隣、城の主が座るべき場所に座ったヴィストルは淡々と食事を続けるだけだ。

飲み物はよく冷えたリムベリーのフレッシュジュース。卵は柔らかなスクランブル、肉は薄切りの干し肉をよく炙《あぶ》ったものが好きなようだ。パンではなくクラッカーを好み、果物は食べない。

カトラリーの使い方が綺麗だ。手の延長のように自由に動いている。

初めて見る、ヴィストルの食事姿。

それらを目に焼きつけるように知らず知らずのうちにじっと見つめたが、相変わらず彼からの声はない。

朝食を食べながら、リーンは胸の中に寂しさが溜まっていくのを感じていた。

何も話そうとしない、ということは、本当にただの食事のためにここへ来たということなのだろうか。その時間が、たまたま自分と同じだっただけなのだろうか。自分に会いたいと思ったわけでもなく。

そう考えると、胸が塞がれる。

美味しいものを食べているはずなのに段々と俯《うつむ》いてしまう。

そんな自分が嫌で、リーンは思いきって自分から話しかけた。

「今日はどうしたんですか。ここで食事なんて」

すると、ヴィストルは驚いたように手を止める。そして言った。

「アーベントがここで食べたいと言ったのだ」

「あなたのコムが……」

「そうだ」

「あなたは、ここに来たくはなかったですか？」

胸がドキドキするのを聞きながらさらに尋ねると、ヴィストルは完全に食べる手を止めリーンを見つめた。

「どうしてそんなことを訊く」

「知りたかったからです。僕と食事をするのは嫌なのか…どうか」

「嫌ではない。今までは…たまたま機会がなかっただけだ」

淡々とした答えが終わると、再び沈黙が広がる。

だがリーンは話すことをやめなかった。ヴィストルともっと話をしたい、と思った。

「最近、僕のコムと閣下のコムは仲がいいようですね」

「そのようだな」

「コム同士の親しさは、主同士の親しさでもあると…言われていますけど」

「そうだな」

「どう思われますか?」

思い切って尋ねると、さっきよりも重たい沈黙が満ちる。

ややあって聞こえたのは、ヴィストルが小さく笑った声だった。

「お前はなんなのだ」

そしてヴィストルは、笑っているような苦笑しているような貌で、リーンに言った。

「わたしにそんなに話しかけてくる者はいないぞ。近寄るなと言わなかったか」

「聞きました。けど……僕には閣下が冷たいだけの人とは思えないので。それに噂も噂に過ぎないと知りました」

「わたしが本当のことを言っているとは限らないぞ? 噂を信じたあとはわたしを妄信か?」

「そういうわけじゃありません。ただ、閣下が僕を遠ざけようとしても閣下のことが気になって、もっと話してもっと知りたいと思ってしまうだけです」

「変わった男だな」

「あなたの花嫁になったぐらいですから」

リーンが言い返すと、ヴィストルは一瞬瞠目し、直後大きく破顔する。

その笑みは印象的で、いつまでも見ていたい、何度も見てみたいと思うほどのものだ。

リーンがすっかり心奪われていると、

「そう言えば、詩の方はどうなった」

食事を再開したヴィストルが訊いてくる。リーンは気まずく感じながら「まだできてません」と短く答えた。

「やっぱり詩を作るのは難しいですね。でも作ろうとしたことは勉強になりましたし、学生たちのレポートを読むのにも、それは役立てられたと思います。ですから、もう少し頑張って作りたいと思うんです」

顔を上げると、微笑みを作って言う。

そんなリーンの視線の先でヴィストルも微笑み、何事か言いかけたときだった。

「――公爵さま。例の件ですが」

いつの間にか近付いてきていたナルダンが、ヴィストルの耳元でそっと囁く。

ヴィストルの答えも、それに対するナルダンの声も、聞きたくないのに聞こえてしまう。

どうやら彼らは、ヴィストルの妾について話をしているようだった。

公爵家の跡取りを生むために輿入《こしい》れする女性……。

途端、さっと頭が冷える。

それはリーンがこの城に来たときから言われていたことだ。結婚は家と家とのもの。だから同性同士でも構わない。跡取りは妾に産ませる、と。

だから頭ではわかっていたつもりだった。男である自分は子どもは産めないのだし、それは公爵家のためには当然なのだと。

だが。

その話をしているヴィストルを見ていると、胸が塞がれたように苦しくなる。

「っ――」

耐えられず、リーンはまだ食事が終わっていないにもかかわらず、腰を上げた。

《どうしたの？　リーン》

すかさずムーから声がかかる。

だがリーンは「なんでもない」と言う代わりに首を振ると、そのまま部屋へ戻ろうとした。

これ以上ここにいたら、自分でもどうなるかわからないぐらいみっともないことをしてしまいそうだ。

「待て」

そんなリーンにヴィストルから声がかかったが、構わず足を進める。しかし次の瞬間。リーンは目眩《めまい》を感じ、その場に崩れ落ちていた。

◆

目が覚めると、見覚えのある天蓋だった。

「気が付いたか」

続いて聞こえたのは覚えのある声だ。

びっくりして身を起こしかけたが、大きな手に阻《はば》まれた。

「横になっていろ」

「もう大丈夫です！」

「いいから横になっていろ。命令だ」

「あ、あなたの言うことなんか――」

「周りに迷惑をかけるのは本意ではないのではなかったのか。それとも、学生に迷惑はかけられないが、この城の者にはかけてもいい、と？」

「っ……」

仕方なく、リーンは再び横になる。

ヴィストルの声が続いた。

「医者によれば疲れだそうだ。昨日無理をしてレポートを読んだせいだろう」

「……そうですか」

せめて少しでも早くヴィストルに出ていってほしくて、リーンは素っ気なく答える。

だがヴィストルは、変わらずリーンのベッドの傍らに立ったままだ。

リーンの視界に、ヴィストルが映る。この城の主。ガーリンドルの闇公爵。リーンが嫁ぎ、そしてこれからリーン以外の妾を娶ろうとしている男。

彼はいったい何を見ているのか。何をしようとしているのか。

リーンは息苦しさを覚え、彼に背を向けるように寝返りを打つ。

「……気に、なるか」

するとその背中に、声がかかった。

「……」

「妾を持つことが、気になるか？」

いつもの彼の声に比べれば、いくらかはっきりしない声だ。

だが聞こえないほどではない。リーンは背中を向けたまま首を振った。

顔を見せなければ、なんだって言える。

「はじめから、そういう話でしたから……」

「……そうだな」

低い声は、どこかいつもと違う気がする。

けれど気分が悪いせいでそう聞こえるだけかもしれない。

リーンがそう思ったときだった。

ベッドが揺れたかと思うと、ヴィストルが腰を下ろした気配が伝わる。

肩に、手が触れた。

「こちらを向け」

「……嫌です」

「わたしが向けと言っている」

「眠りたいんです。もう出ていってくださ――」

懇願の声は、半ばで途切れる。

肩を摑まれ強引に仰向かされると、真上から見下ろされた。

なぜかわからないのに涙を滲ませた、みっともない顔を。

リーンは咄嗟に、その顔を両腕で隠す。それでも、ヴィストルが見ている気配は離れない。

「泣くほど嫌か」

「泣いてません！」

「ではなぜそんなに辛そうなのだ」

「辛くもありません！」

だって最初からわかっていたことだ。

今までは忘れかけていたけれど、彼と結婚するということはそういうことなのだ。

だったらいっそ、さっさと妾を持って自分のことなど放っておいてくれるようになればいい。

そうすれば、飽きられて家へ戻ることも許されるかもしれない。大学へ行くことも許されるかもしれない。なんの期待も、どんな寂しい思いも、悲しい思いも、切ない思いも、しなくて済むようになるだろう。

しかし次の瞬間、顔を覆っていた腕を強引に摑まれ引き剝がされたかと思うと、頬も目尻も至るところを涙で濡らした顔を間近から見つめられる。

その瞳は夜を宿し、引き込まれそうになるほどの美しさを湛えている。

その瞳が近付き、唇が近付く。

咄嗟にリーンは顔を逸らし、ヴィストルとの口付けから逃げようとした。だが、強引に頤《おとがい》を摑まれたかと思うと、そのまま激しく唇を奪われた。

「ん……っ」

頭の芯まで痺れるような情熱的な口付けに、背筋が震えた。

吐息も理性も心も全て奪われてしまうような、荒々しく深く熱っぽい、濃厚なキスだ。

まるで、愛されているのかもしれないと誤解してしまいそうなキス。それがどうしようもなく切なくて、リーンはなんとか逃れようと踠く。だがヴィストルは許してくれなかった。

踠けば踠くほど、より深く口付けてくる。

それでもリーンが抗うと、ややあって、ようやく唇は離れた。

「……出ていって下さい……」

顔を逸らしながらリーンが言うと、ヴィストルは長く溜息をつき、静かに部屋から出て行く。

足音が聞こえなくなると、リーンは口付けの余韻の残る唇を噛み締め、音もなく涙を零した。

男なのに──形だけの妃なのに彼を愛してしまった自分のために、今だけは許してほしい、と誰にともなく願いながら。

◆
◆
◆

「本日は誠におめでとうございます！」

妾がやってきた当日。

城内は、お披露目の宴で賑《にぎ》わっていた。

正式な妻ではないものの、妻の代わりに跡継ぎを産むべくやってくる妾、ということで、彼女もまたお披露目する必要があるらしい。

ともすればリーンのお披露目のときよりも盛大ではないかと思える様子を眺めていると、自分の居場所も存在理由もなくなってしまったかのように感じてしまう。

彼に口付けられたあの日からというもの、夫婦らしいことどころか、ろくに話もしていないからなおさらだ。

だが、リーンはその気持ちをなんとか隠したまま、ヴィストルの隣に座り続けていた。

そんな中、唯一気持ちが明るくなるのは、ムーが元気でいてくれることだ。自分たちと違い、ムーはアーベントとも仲良くやっているようで、リーンと一緒にいる時間よりアーベントと一緒の方が長いくらいだ。

(主人とコムでも違うことはあるっていうわけか……)

ぼんやりと考えながら、自分たちが結婚したときのように、入れ替わり立ち替わりやってくる人たちと挨拶しているヴィストルの姿——彼の向こう側に座っているレイリスをヴィストルの姿越しにちらりと見つめていると、不意にこちらを向いた彼女と視線が絡む。

黒髪に黒い瞳。肉感的な肢体が印象的な彼女は、戸惑ったリーンと対照的に嫣然《えんぜん》と笑みを浮かべる。

リーンはいたたまれず、静かに腰を上げるとそっとホールをあとにした。

大きな廊下へ出てしばらく歩き、辺りに人がいないことを確認すると、ふうと息をつく。

我慢していたけれど、あの場にいるとずっと息が苦しくて堪《たま》らなかった。

一人きりになると、いくらか楽になる気がする。

（もう、あそこには戻りたくないな……）

リーンは胸の中で呟いた。

わかっていたことでも、もう二人の様子は見たくない。

ぼんやりと夜の庭を歩きながら、リーンは溜息を零す。

「もう――部屋に帰っちゃおうかな」

そしてそう呟くと、リーンは自分の部屋に帰る。今日の主役はレイリスだ。自分がいなくても問題ないだろう。

（それより……）

せめて以前から懸案事項だった詩を完成させたい。

胸は痛むけれど、ヴィストルに唯一「やれ」と言われたものだから、完成させて見せたい。

「『好きな人のことを考えるとできちゃうんだよ』――か」

書きながらムーの以前の言葉を思い出し、リーンは苦笑する。

そのたび疼《うず》く胸の痛みに、思わず顔を顰めたとき。

「リーンさま！　リーンさま！」

突然、部屋のドアがノックされたかと思うと、大声で名前を呼ばれる。びっくりしてドアを開けると、城内を警備している男たちが「失礼致します」という言葉と共に、左右からリーンの両脇をがっしりと捕らえてきた。

「な――なんですか!?」

急なことに、リーンは驚きの声を上げる。

すると男たちは「こちらへ」と引き摺るようにしてリーンを部屋から出すと、ホールへ連れていこうとする。

「いったいなんなんですか！」

わけがわからず、リーンは声を荒らげる。だがホールに近付くにつれ、違和感を覚えた。

出てくるときは人々の楽しそうな話し声で満ちていたホール。けれど今は、ピンと張りつめた、ただごとではない空気が感じられる。

そしてホールに入り、リーンは瞠目した。

さっきまで宴が行われ、賑わっていたはずのそこには、壁際に集められた人々と、数人の人たちに囲まれ、ぐったりとしているヴィストルの姿があったのだ。

「閣下!?」

慌てて駆け寄りかけ、リーンはまた両脇から止められた。

「離して下さい！　閣下が――」

「申し訳ございませんが、勝手に動かれませんよう」

「どうして！　だってヴィストルが！　早く医者を――」

「医師は既《すで》に呼んでおります。薬師《くすし》の見たてでは、おそらく毒を……」

「毒⁉」

いったい誰がこんなところで。

しかしそのとき。自分に向けられている周囲からの視線に気付き、リーンは、はっとした。

（もしかして……疑われてる……？）

俄《にわか》に心臓がドキドキしはじめる。でも自分がどうして。

ヴィストルの様子と、周囲の態度と。二重の不安が募るリーンに、近くにいた男たちが口を開いた。

「こうした席で閣下に薬など、本来なら考えられぬこと。余程近しい者の仕業《しわざ》と考えるのが妥当です」

「リーンさまは宴の途中でどこへ？」

「閣下が妾を迎えられたことでご不満もあろうかとは存じますが――」

「違います！　僕は――」

次々に疑いを向けられ、リーンが大きく頭を振って言い返そうとしたとき。

「……違う……」

呻くような、掠れた声がした。

全員の視線が集中する。声の主は、ヴィストルだった。

「閣下！」

リーンは男たちを振り切り、ヴィストルに近付く。

苦しそうに横たわる彼の傍らに跪《ひざまず》き、その手を取る。

握り締めると、彼はゆるゆると握り返してきた。さらに強く握ると、リーンを安心させようとするかのように、ふっと双眸《そうぼう》が和らいだ気がする。

長く息をつくと、彼は苦しそうに眉を寄せつつ口を開いた。

「この者ではない。この者は関係ない。皆、無用な疑いをかけることは許さぬ」

「ですが……」

即座に、一人の男から反論の声が上がる。だがヴィストルは首を振った。

「リーンは無関係だ」

「ですがやっていない証拠はございません！」

お披露目の場で城の主に毒が盛られる大事件だからか、警備している男たちは犯人捜しに躍起《やっき》だ。声を荒らげヴィストルに詰め寄るが、ヴィストルはやはり頭を振った。

「わたしの言うことが聞けぬか。わたしがやっていないというのだから、リーンはやっていないのだ」

荒い息のもと眼を光らせながらはっきりと言う。

「閣下！」

リーンは声を上げると、ぎゅっと手を握り締める。

彼が信じてくれたことが嬉しい。嬉しすぎて涙がにじむ。

だがヴィストルはそれだけ言って精魂つきたのか、ゼエゼエと荒い息をしたまま目を瞑《つむ》ってしまった。

「閣下！」

リーンは悲痛な声を上げた。

「お離れ下さい」

次の瞬間、医師は張りつめた声で言い、治療のためなのかヴィストルを担架に乗せ、ホールから運び出していく。

リーンに残ったものは、ヴィストルの容態への不安と、いまだ残る自分への疑惑だ。

ヴィストルはああ言ってくれたものの、周囲からの視線は痛い。

ここにいる全員がリーンを犯人だと思っている気すらする。

「っ――」

だがリーンはキッと顔を上げると、詳しい話を聞こう、と壁際に集められている人たちの方へ向かう。

自分と同じように、レイリスも近い場所にいたはずだ。彼女に訊けば、詳しいことがわかるかもしれない、と思って。

しかし見たところ、彼女の姿はない。

ひょっとして彼女も毒を盛られたのかと、さっきリーンをここまで連れてきた男に尋ねたが、そんなことはないと言う。

（まさか……）

リーンが眉を寄せたとき。

《リーン！》

ホールに、ムーが駆け込んできた。

宴が始まって五分ほどはおとなしくしていたムーだが、じっとしていることに早々に飽き、アーベントと一緒に外に遊びに出ていたはずだ。

《リーン！　きて！　たいへんなんだ！》

「ム、ムー!?」

《へんなひとたちがいるんだ！　らいおんさんがみはってるけど、へんなんだ！》

慌てた様子で飛び跳ねるムーにただごとではない雰囲気を感じ、リーンは「わかった」と頷きホールを飛び出す。

「お待ち下さい！」

引き止める声がしたが、構わず駆ける。抱えたムーに場所を教えてもらいながら一目散に目的地を目指すと、辿り着いたそこには数名の男とレイリスが、そして彼らに向けて唸るアーベントがいた。

男たちのうち数人は、威嚇するようにアーベントに剣を向けている。他の男たちは、慌てた様子で荷物を馬にくくりつけている。城から出るつもりなのだろう。

それだけでも驚きだったのに、そこに一人の男の顔を認め、リーンは瞠目した。

その男は、以前、リーンやヴィストルを襲ってきたあの男だったのだ。

あのとき、ヴィストルは極刑だと言っていたが、どうやら許していたらしい。

にもかかわらず、彼は何かを企《たくら》んでこの城に忍び入っていたというのか。そして、あの妾の女性も。

リーンは憤《いきどお》りが込み上げるのを感じた。

ヴィストルは、無実の罪で命を狙われたにもかかわらず、男を許したのだ。それなのに――。

そう思うと、このまま逃がしたくない気持ちが込み上げる。

「待って下さい！」

リーンは男たちの前に飛び出すと、大きな声を上げた。

全員がびくりと慄《おのの》き、リーンに注目する。だがリーンは怯《ひる》まず男たちを見据えて続けた。

「あなたたちが、やったんですね」

証拠なんかない。けれど絶対に間違いないと確信しながら言うと、男たちは一瞬呆気にとられた顔を見せたのち、こちらを睨むように見つめ返してきた。

レイリスが、ふんと鼻を鳴らす。

「だったらどうしたの」

「あなたは、そのためにヴィストルの妾に――」

「当たり前じゃない。でなきゃあんな人殺しには近寄りたくもないわ」

真っ白い、美しいドレスを纏ったまま、彼女は毒を含んだ言葉をまき散らす。

「あの男に殺されたレイラは、わたしの異母姉なの。わたしは生まれてすぐ養女に出されたけれど、姉はずっとひそかに気にかけてくれていた。大切な姉をあんな目に遭わせておきながら、あの男だけのうのうと生きてるなんて調子がよすぎるわ！」

「ヴィストルは何もしていません！　誤解です！」

「四人も殺しておいて何が誤解よ！」

「だから、違うんです！　彼は誰も――」

リーンが必死で言い募ろうとしたとき。

「どうせお前も五人目だろう。だったら――ここで始末しても問題はないな。顔を見られた以上、始末しておいた方が安心だしな」

男たちが、武器を手にじりじりと近付いてくる。

リーンを守るようにして傍らにいてくれたアーベントが低く唸ると、男たちは一旦引くが、人数のせいか、また包囲の輪を縮めてくる。

《リ、リ、リ、リーン……っ》

足下の草の陰から、ムーの震えた声がする。

「逃げて！」

リーンは小声でムーに言ったが、ムーはぶるぶると首を振る。

次の瞬間、

「おおおおお！」

「わっ！」

男の一人が声を上げ、刃物で斬りかかってきた。

慌てて避けたものの、バランスを崩し、尻餅をついてしまう。

立ち上がろうとしても足が震えて立てずにいると、

「なんだ、もう終わりか」

男たちが嗤いを深め、ゆっくりと近付いてくる。見下ろされ、振り上げられた刃物にぎゅっと身を縮こまらせる。だが直後。

「下がれ！　わたしのものにそれ以上近付くな！」

どこからか声がしたかと思うと、剣同士がぶつかる音が聞こえ、広い背中がリーンを守るように割り入ってきた。

見覚えのある背中。

——ヴィストルだった
「か、閣下！」

治療中ではなかったのか、とリーンは慌てた声を上げたが、ヴィストルは男たちを睨みつけたまま、リーンを守ってくれる。

「下がれ無礼者ども。この者はわが伴侶！　一筋の傷でも負わせようものなら、その命即座になくなると思え！」

「公爵だ！」

「公爵だぞ！　やっちまえ！　仇《かたき》だ！」

だが男たちも口々に声を上げ、殺気を見せながら近付いてくる。

「閣下！　やめて下さい！」

毒を盛られているのに、あんなに苦しそうだったのに、こんなに大勢の人たちと闘うなんて無茶だ！

リーンは泣きながら声を上げる。しかしヴィストルはリーンを庇ったまま、退く様子もない。

しばらく睨み合ったのち。

「あああああ！」

「死ねぇぇぇ！」

二人の男が、一気にヴィストルに襲いかかる。

「危ない！」

リーンが叫んだ刹那。ヴィストルはその斬りかかってきた剣を払うと、一刀のもとに二人の男を斬り捨てた。

その様子を見ていた男たちが息を呑む音が聞こえる。

まるで闘神さながらの剣さばきに、リーンも驚きに声が出せなかった。

アーベントも、まるでヴィストルと呼応しているかのように男たちに飛びかかると、その獰猛さを露わにし、一人、二人、三人、と、次々地面に引き摺り倒していく。

雄々しいヴィストルの姿と、爪と牙を剝き出しにして低く唸る黒い獅子に、男たちは一気にひるんだように後ずさりしはじめる。

そのとき、

「閣下！　ご無事ですか！」

絶妙のタイミングで、城の警備兵たちが駆けつけてきた。

そして賊《ぞく》を見つけると、「捕まえろ！」と声を上げ、逃げる賊たちを捕縛しにかかる。

（助かった……）

無事だったことに心の底からほっとしていると、

「大丈夫か」

剣を納めたヴィストルが、不安そうな面持ちで尋ねてくる。リーンは頷いたが、胸の中は混乱し切っていた。苦しんでいた彼が、どうしてここへ。どうしてわざわざここへ。

だがそれを尋ねるより早く、ヴィストルが辛そうに顔を歪めたかと思うと、がくりと地に膝をつく。

「閣下！」

リーンは悲鳴のような声を上げると、冷たいヴィストルの手を握り締めた。

◆

「あまりよろしくありませんな……」

ベッドの上に横になり、荒く浅い息を繰り返しているヴィストルの具合を診《み》ると、医師は眉を寄せた渋い表情で唸るように言った。

「今夜が峠でしょう。大抵の毒薬には耐性のあるお方ですし、できることは致しましたが……毒が抜け切れぬうちに動かれたために、身体が激しく消耗《しょうもう》致しておりますゆえ……」

もごもごと、言葉を濁すように言うと、医師は頭を下げて部屋を出ていく。

続いて他の人も出ていく音を聞くと、リーンはベットの傍らに膝をつき、ヴィストルを見つめたまま、その手を握り締めた。

シーツの上に広がる黒髪こそいつも通りだが、端整な貌には苦しみと疲労の跡が残っている。

おそらく、アーベントを通じて自分の危機を知ったのだろう。

毒のせいであれだけ苦しんでいたのに――彼は自分を助けに来てくれたのだ。

それを思い返すと、感謝してもしてもし足りない。

「閣下……っ」

リーンは手に力を込めると、ヴィストルを呼び、そして祈った。

彼を助けてほしい。死なせないでほしい。ちゃんとお礼も言えていない。自分の気持ちも伝えられていない。受け入れてもらえなくても、彼に歯牙《しが》にもかけられなくても、気持ちを伝えておくべきだったのだ。

あなたが僕を愛していなくても、あなたが愛を知らなくても、僕はあなたを愛するようになっています――と。

あなたを愛している者がここにいます、それを幸せに感じている者がここにいます――と。

「コム同士が仲がいいと、やっぱり主人同士もそうなるんだな……」

自分は片想いだけど。それでも。

「彼を……助けて下さい……っ」

リーンは、誰に宛てるでもなく一心に祈る。

自分にできることならなんでもするから――。そんな強い想いを込めて。

するとそんな願いが通じたのだろうか。

翌日。朝陽が昇ろうかという時間にぴくりと瞼を動かしたヴィストルは、そのまま静かに目を開けた。

「！　閣下!?」

その色は、美しく澄んだ黒だ。

「閣下……ご気分はいかがですか……？　大丈夫、ですか……？」

顔を近付け、リーンは囁くように尋ねる。

ヴィストルが緩く首を巡らせてリーンを見た。

「ずっと…ついていてくれたのか」

リーンは頷いた。

「僕にはそのぐらいのことしかできませんから……」

言いながらぎゅっと手を握ると、ゆっくりと、しかし強く握り返される。その強さに、リーンはほっと息をついた。

この様子なら大丈夫だ。

助かった――。

そう実感すると、途端に涙が零れる。

「……よかったです……」

涙を拭いながら言うと、ヴィストルの指が目尻に触れた。

「また、泣いているな」

「は、はい。いえ…でもこれは……」

「お前が泣くと、胸が痛い……」

するとぽつりとヴィストルが言う。そして彼はゆっくりと上体を起こすと、改めてリーンに触れてきた。

「お前は初めて会ったときからわたしの中に遠慮なく入ってきた。手荒く扱えばわたしを避けるかと思えばそうではなく、むしろわたしを知りたがった。そしてわたしも不思議とお前には心の中を伝えることを躊躇《ためら》わなかった。むしろ、わたしにしては迂闊《うかつ》にもあれこれと余計なことを話してしまった。その迂闊さをわたしは悔やんだ。だが悔やむと同時に話せてどこかほっとしてもいるのだ。わたしのことを知りたいと言ったお前に、話せてほっとした」

声は、滑らかにリーンの耳に流れ込んでくる。

普段通りの美声。けれど普段とは比べものにならないほど優しい。

頬に触れ、じっと見つめてくる。

「不思議だな。お前を見ていると胸が痛いのに心地好い。苦しいのに心地好い。落ち着けない何かが胸の中で騒いでいるような感覚がする。そしてお前が嬉しそうだとわたしも嬉しくなり、お前が悲しそうだとわたしも気分が浮かぬ。だがそれも、どこか心地好い」

「……」

「これは以前に本で読んだ、恋や愛の心の動きに似ているな。そうなのか？　わたしはお前を愛していると――そう言っていいのだろうか」

肩を引き寄せられ、ベッドの上で抱き締められる。

戸惑うリーンに、ヴィストルは続ける。

「お前と出会ってからというもの、たびたび、もしかしたらこれは愛なのだろうかと思ったことがあった。妾の件も、頭では仕方のないことだと思っていても、持ちたくない、お前を悲しませたくないと思っていた。アーベントにも気を揉ませた。朝食を一緒に食べたときも、ああいう言い方をするものではないと諭《さと》された。わたしが一緒に食べたかったのだと言ってしまうと、お前を不快にさせてしまうだろうと思ってのことだったのだが」

抱き締めたまま、ヴィストルはとつとつと言葉を継ぐ。

「実のところ、昨日の宴の時点では既に、妾は形だけ迎えて、手をつけず、なるべく早く暇を出そうと心に決めていた。リーン、お前を知った今では、わたしはお前以外の誰も抱けぬ」

ヴィストルの言葉の全てが、リーンの胸の中に染み込んでいった。

染み込んで身体の隅々まで広がり、今まで感じたことのない喜びを伴って再び胸の中に還《かえ》ってくる。

耳がじわりと熱い。顔もきっと真っ赤だろう。声は淡々としているのに、ヴィストルから紡がれる言葉はこの上なく甘い。

思わず俯いたが、すぐにその顔を覗き込まれ、真っ直ぐに見つめられる。

恥ずかしいのに目が離せず見つめ返すと、ヴィストルの唇がゆっくりと動いた。

「わたしは、お前が欲しい。リーン」

低く甘く震えた、情熱的な声音で。

「愛しい。いつも側にいたい。他の誰かに渡したくはない。――そう思う。これを愛というのかどうかわたしは知らない。だがわたしはお前を求めている。かけがえのないただ一人として、求めてやまないのだ」

「閣下……」

「ヴィストルでいい。わたしを受け入れてくれ、リーン。わたしの、本物の伴侶になってくれ。わたしは今までわたしの側にいる者を幸せにできなかった。だがお前だけは――この身に代えても幸せにしたいと思う。いや、必ず幸せにすると誓おう。わたしをこんな気持ちにさせたお前を幸せにせず、誰を幸せにしろと言うのだ。わたしが生まれてきた意味は、きっとお前と出会うため——そしてお前を幸せにするためだ。でなければあんな運命のような出会い方はすまい」

微笑んで言うと、ヴィストルは小さく笑う。

その言葉に、リーンも思い出していた。

自分がこの城へ来なければ、そして妹の代わりに——などという話がヴィストルの口から出なければ、自分がその提案を受け入れなければ、確かにこんな出会いはなかっただろう。

ヴィストルの唇が頬に触れた。

「望むなら以前にお前が言っていたようにもっと話をしよう。いや——わたしがしたい。お前のことをもっと知りたいのだ。不思議だな。こんなこと、今まではほかの誰にも思わなかったのに……」

小さく苦笑すると、ヴィストルは間近から見つめてくる。

リーンは胸が熱くなるのを止められなかった。

愛がわからないと言っていた公爵。愛を知らないというヴィストル。

けれど彼から零れる言葉は間違いなく愛の言葉で、伝わってくるのは強く深い愛だ。

これ以上はないくらいの。

リーンは泣きそうになりながらヴィストルを見つめ返すと、微笑んで言った。

「僕も、あなたが欲しいです。ヴィストル……」

息を呑むヴィストルに、微笑んだまま続ける。

「僕を、あなたの伴侶にして下さい。本物の花嫁にして下さい。僕の、愛しい閣下……」

言い終えた途端に、恥ずかしさで顔が上げられなくなる。だが頬を掬われ、間近から見つめられる。

心臓の音が大きい。あの夜色の双眸に見つめられているだけで身体が熱くなって鼓動が速くなる。

次の瞬間、

「もちろんだ」

声が聞こえたと同時に、唇に、唇がそっと触れた。

「愛しているリーン。お前がわたしの花嫁だ。お前だけがわたしの伴侶だ」

「ん……」

囁かれ口付けられると、鼻にかかった声が漏れる。

口付けだって初めてじゃない。けれど初めてのときよりもドキドキして、ぞくぞくして、恥ずかしいのに嬉しい。

思わずヴィストルの服にしがみつくと、口付けはより深くなる。

背を抱かれ、小さく喘ぐと、挿《さ》し入ってきた舌に口内を舐《ねぶ》られた。

「ん…っ…んぅ……っ」

舌に舌を舐められ、軽く歯を立てられ肩が跳ねる。上顎を、喉の奥までをなぞられて舐められ、息まで混ぜ合う快感に頭の中が真っ白になるようだ。

「は…っ……」

互いの体液が混じり合い溶け合うたび、身体はじわじわと熱くなっていく。

もっと触れてほしくて——もっと触れたくて身をすり寄せて抱き締め返すと、ヴィストルが小さく笑って唇を離した。

「そう言えば、久しぶりだな」

そんなつもりはないのだろうが、揶揄するような声音に頬が熱くなる。その頬に、小さく音を立てて口付けが落ちた。

「可愛らしいな、お前は」

羽が触れるような口付けと声に、ますます身体の奥が熱くなる。

「続けても構わないか?」

囁くように尋ねられ、頷けば、上着を脱がされ、下着ごと全て脱がされ、生まれたままの格好にさせられる。そんなリーンの上に、同じように全てを脱いだヴィストルが優しくのし掛かってきた。

抱き締められ、肌と肌が触れ合う感覚に、うっとりと息が零れる。

「そ——そうだ…か、閣下は…あの……お身体は……」

抱き締められながらはっと気付き尋ねると、ヴィストルは苦笑気味に「大丈夫だ」と頷く。

「お前と触れ合える喜びに比べれば、身体の痛みなど大したことではない」

そしてさらりと続けると、赤面したリーンをより強く抱き締め、深く口付けてくる。

「んんっ――」

さっきも深いキスだったけれど、今回はそれ以上だ。貪られ、一気に息が荒くなる。

喉を反らし、背を撓《いじ》らせて喘ぐと、ヴィストルの指がそんなリーンの身体のラインを辿る。

胸元の突起を弄られ、そこにも口付けられると、恥ずかしいのに高くとろけた声が溢れた。

「ア……っあア……っ！」

音を立てて口付けられ、舌先で捏《こ》ねられ、指先で弄られ、強い刺激に、思わず頭を振ってしまう。すると、ヴィストルがふと胸元から顔を離した。

そしてじっと、リーンの裸の肢体を見つめてくる。

「ど、どうかしましたか……？」

気になって尋ねると、ヴィストルは「いや」と首を振った。

「どこから触れようかと迷っていたのだ。だが意味のないことだったな。全てに触れたい。お前の身体は、どこも等しく愛おしい」

「！」

「選べぬ。全て深く愛《め》でることとしよう」

口調だけは今までのように抑揚のないものだが、その内容はこちらを赤面させるに充分なものだ。

そしてヴィストルは再び胸元に口付けてきたかと思うと、その言葉通りリーンの全身にキスを残していく。

爪先にまで口付けられたときは恥ずかしさと申し訳なさに堪らなくなったが、小さな足指をそっと含まれ、軽く歯を立てるようにして愛撫されると、それだけで堪らなく昂《たかぶ》らされた。

やがて、口付けは下肢に移り、身体の中心へと向かってくる。

大きく脚を開かされ脚の付け根に口付けられると、薄い皮膚への強い刺激に、立て続けに背中が跳ねた。

「ァ……っあ、あァ——っ」

形を変えた性器が、愛撫を待ちわびてビクビク震える。だが、口付けは脚の付け根からさらにその奥へと向かっていくと、つつましく口を閉じている後孔にそっと触れた。

「ア……っ」

ビクリ、と身体が震える。

そんなところ駄目だと思うのに、唇で、舌で愛撫されると、切れ切れに甘い声が溢れてしまう。

「や……っ閣下…はず…恥ずかし…ぃ…です……っ」

「今更だろう。わたしはお前よりもお前のここを知っているつもりだが」

「ァ…あア……ッ」

「柔らかくうねってわたしを受け入れたかと思うと、締めつけて離さなくなる――いじらしく可愛らしい孔《あな》だ。ここもたっぷりと愛して、わたしのものにする」

「は……っあァ……！」

続けて指が、ゆっくりと挿し入ってくる。

ぐりぐりと穿《ほじ》られ、抜き挿しされると、覚えのある快感に自然と腰が揺れた。

「ん……っんぅ…っあ……ァ……っ」

指が、二本に増える。中を柔らかく捏ねるようにして動かされると、気持ちよさと物足りなさでじりじりしてしまう。

気持ちがいい――もっと欲しい――気持ちがいい――もっと欲しい――。

頭の中で欲望がぐるぐる回り、ほかのことは何も考えられなくなる。

銜え込んでいる指をもっと奥に促すように腰を揺らしながら、リーンは切なく喘いだ。

「閣下……ぁ…もっと…もっと…下さい……っ」

「ヴィストルでいいと言ったはずだ」

「ヴィスト…ル……っァ……っ」

突き入れられた指は、リーンの官能を確実に引き出し、煽る。だが決定的な快感は与えてくれない。

もっと奥まで欲しい。深く欲しい。大きなもので身体をいっぱいにしてほしい。

リーンは目の前の身体にしがみつくと、ねだるように身悶えしながら囁いた。

「お願いです…もう……もう——下さい……っ」

すると、汗の浮いたこめかみにちゅっと口付けられたのち、濡れた後孔にひたと熱い熱が押し当てられる。

歓喜に全身が震えた次の瞬間、待ちこがれた熱が押し入ってきた。

「ぁ……あぁあぁ……ッ——」

太く熱いものが身体の中に埋められていく快感に、リーンは大きく喘いだ。

苦しさよりも大きな悦びに、嬌声《きょうせい》が迸《ほとばし》る。

「動くぞ」

そして全てを埋めると、ヴィストルはゆっくりと動きはじめる。

その動きは優しくも情熱的で、瞬く間にリーンを快楽の渦の中へと引き込んでいく。

抜き挿しされるたび内壁は悦びにさざめき、抉られるたびに腰が慄《わなな》く。

歯を食い縛り、髪を乱し、額に汗を滲ませて激しくリーンを穿つヴィストルの色香は、いままで彼が見せていた昏さや冷たさからは想像もできないほど情熱的な、雄のそれだ。

彼もまた感じているのか、時折切なそうに表情を歪めるのが堪らなく艶めかしい。

劣情を滲ませた双眸に見つめられると、それだけで総身が震え、何もかも彼のものにしてほしいと願ってしまう。

「は……っあ…ァ……や……っ」

「綺麗な身体だ。ここも──ここも」

「っん──っ」

「ここも綺麗だ。全部──わたしのものにしてしまいたい」

抽送《ちゅうそう》を繰り返し、胸元に、肩に、鎖骨に、腰に、脚に触れながらヴィストルは言う。

「全部…ぜんぶ…あなたのもの…です……っ」

込み上げてくる快感に目眩を覚えながら、リーンは譫言《うわごと》のように言う。

「ん…っ……あ……は……っ──」

どこを触られても肌が粟立つほど気持ちがいい。

まるで、身体全部が性器になってしまったみたいだ。性感帯なんて生ぬるい言葉と感覚じゃない。怖いぐらい感じて、どこに触れられても達する気がする。

抱きつき、抱き締め、ヴィストルの頬の傷に口付けると、低い呻き声が耳殻を掠め、埋められているものが大きく脈打つ。

「は……っァ……っ」

その刺激にすら感じて淫らな喘ぎを零すと、深く口付け返され、一層激しく穿たれた。

突き上げられるたび、頭の芯まで痺れるようだ。

繋がっているところから溶け合って混じり合って、一つになってしまう気がする。

「ァ……っも……ぼく……もう……っ」

一番感じる部分を刺激され、ビクビクと背が跳ねる。

射精感が込み上げてくる。息も絶え絶えに喘ぐと、きつく抱き締められ、さらに奥まで突き上げられた。

「イっていい、リーン。その顔も声も、わたしのものだ……」

「っ……ァ…ヴィストル……あ、あァ…ッ――」

「リーン……っ」

「ヴィス…ぁん、あ、あ、ァ……っ」

「リーン……愛している……わたしの――わたしのリーン――」

「ヴィストル……ッ…ァ…すき……僕も……っ」

揺さぶられながら込み上げてくる思いを口にした次の瞬間、ひときわ激しく穿たれ、熱い肉が最奥《さいおう》まで叩き込まれる。

「ァァ……っ――」

身体の芯から溶けるのではないかと思うほどの圧倒的な快感の中、リーンは絶頂の声を上げ、大きく背を反らしながら、四肢を震わせ一気に精を放つ。

張りつめた性器から溢れる欲望。

逞しい身体にぎゅっと縋りつくと、ヴィストルの灼熱が身体の奥深いところに叩き付けられる

のを感じる。リーンはそれにも感じてしまい、目も眩むような悦びに身体を震わせた。

整わない息のまま口付け合うと、触れ合った瞬間からまた離れられなくなる。

「……まだ離したくないな」

「離さないで下さい」

ヴィストルの囁きに囁きで答えると、埋められたままのものがまたグッと力を持つのがわかる。

その日、二人は幾度となく愛を伝え合い、口付け合い、いつまでも互いを求めてやまなかった。

◆
◆
◆

「……」

メイドが届けてくれた手紙を開け、内容に目を通すと、リーンは軽く眉を寄せた。

テーブルの上には、同じ便せんが十五枚と封筒が三枚。

つまり、この手紙は、今日四通目の手紙になる。

リーンの方はまだ一通も返事を書いていないにもかかわらず――だ。

同じ城内に住んでいるにもかかわらず――だ。

リーンは、届いた手紙をもう一度読むと、ふーっと溜息をつく。

そのとき、

「わたしの恋人は随分つれないな」

声と共に、リーンの恋人でありこの城の主であるヴィストルがコムであるアーベントを連れて入ってきた。途端、ムーが《らいおんさん！》と嬉しそうに跳ね回る。

相変わらずの、震えが来るほどの美貌だ。精悍《せいかん》で端整な貌に、均整の取れた体軀《たいく》。漆黒一色の服がこれほど似合うのも、彼ぐらいのものだろう。

ガーリンドルの闇公爵――。その異名《いみょう》も納得できるほどだ。

しかしリーンは、自身の伴侶であるその闇公爵に向け、溜息をつくことしかできなかった。

なにしろ彼ときたら、恋人という関係を飛ばして結婚してしまったことを取り戻すように、最近はリーンに対して無性に熱い手紙を送ってくるのだ。同じ城内に住んでいるのにわざわざメイドを介して、一日に何通も。

それはリーンには到底追いつかない量で、リーンは返事に頭を悩ませるしかない。

返事に困る理由はもう一つある。

ヴィストルは手紙によく自らが作った詩を書く。それは以前リーンが彼に約束し、贈った詩にいたく感動したから――らしいのだが、その出来はとても素晴らしく、リーンは無用なプレッシャーを感じてしまうためだ。

彼のために作った詩、それだけは自分でも満足のいく出来映えだったものの、元々詩作は大の苦手なのだから。

リーンはヴィストルの言葉を聞きながらテーブル上の手紙を整頓すると、

「そのうちに返事はしますから」

と返す。

だがそれはヴィストルには不満だったようだ。

「そのうちそのうちと言って、一日の最後に一通だけではないか」

「仕方ないでしょう。別に…書くことないんだし」

「わたしへの愛がないということか」

「そうじゃありません！」

慌ててリーンが言うと、

「わかっている」とヴィストルが背後から抱き締めてくる。

「お前の気持ちはよくわかっている。だから、手紙が出せぬというなら、別の方法で返してくればいい」

そして、ちゅっとうなじに口付けてくる。

「か、閣下。まだ日が高いです」

「知っている。それが？」

「そ……」

「お互いのコムも仲良くしているようだ。わたしたちも仲のいい時間を過ごしてもいいのではないか？」

部屋の隅でじゃれ合っているアーベントとムーのことを言っているのだろう。

耳元で囁かれ、リーンはますます赤面したものの、重ねた手の温かさに促されるように「そうですね……」と頷く。

あの宴ののち。彼は妾として迎えようとしていた女性が毒を盛った張本人であったこと、そしてかつての妻の親族が結果として二度までも彼に刃を向けたことから、新たに妾をとることを正式に取りやめた。

妾がいなくなるとなれば、公爵家直系の跡取りは生まれない。彼の周囲からは当然のように反対の声が上がったが、彼は頑《かたく》なに自分の希望を押し通したらしい。

「リーン以外のどんな者とも同衾《どうきん》する気にならぬ」

きっぱりとした声で、決然とした態度で。

後々、ナルダンからその話を聞いたときは、リーンは恥ずかしいやら嬉しいやらで顔が上げられなかった。だがヴィストルがはっきりと言ってくれたことはやはり嬉しかったし、ヴィストルがそう宣言したために城の従者たちもリーンを「ヴィストルの伴侶」として認めてくれたような変化があり、それは嬉しいことだった。

公爵家の後継は、いずれ血縁関係のある貴族の子弟を指名するつもりらしい。

リーンはヴィストルの指に指を絡めると、肩越しに振り返る。

目が合うと、温かく美しい黒い瞳が柔らかく細められ、形のいい唇が開く。

「――愛している、リーン」

囁きは、優しく胸を揺らす。

「僕も愛しています……ヴィストル」

リーンも応えると、抱き締めてくる腕はゆっくりと強さを増していく。

どちらからともなく重なる唇。

コムたちがじゃれ合う声が聞こえる中、リーンは胸一杯の幸せを感じながら、恋人の腕に身を委《ゆだ》ねていった。

END

秘話

◆ヴィストル&アーベント　ヴィストルの想いと懊悩《おうのう》◆

頭の中に直接響いてくる低い声に、仕事をしていたヴィストルはふと手を止めた。

首を巡らせると、彼のコムである黒い獅子《しし》、アーベントがこちらを見つめていた。

床に悠々と伸ばした体躯は、大人の男も楽々と組み伏せられるほどの大きさがある。

艶のある毛並みや長い鬣《たてがみ》からは威風堂々とした雰囲気が漂い、もう長い付き合いになるヴィストルでも見とれることがあるほどだ。

野生の獅子をコムにしているものなどヴィストルは自分以外に誰も知らないが、自分もまさかこの獅子を自分のコムにできるとは思わなかった。

戦に赴《おもむ》く途中の森で出会った、王のような黒い獅子。

彼がどうしてヴィストルのコムになったのか、その理由はアーベントにしかわからないことだ。

だが今のところヴィストルと彼のコムとは、互いの考えをほぼ共有しつつも干渉し合わない、いい距離感での関係を保っていた。

――はずなのだが。

「……」

ヴィストルは珍しく彼の領域内に踏み込んできた彼自身のコムに向けて形のいい双眸《そうぼう》を微《かす》かに

眇《すが》めると、軽く睨み付ける。余計な世話だ、と言外に告げる。

だが獅子はそこで引かず、まるで溜息をつくかのように息を吐きゆらりと立ち上がると、そのままヴィストルが座る執務机の傍らまで近付いてきた。

《あまり考えてばかりでは手遅れになるのではないか？》

その声は、気遣うような響きと諭《さと》すような響きの両方をたたえている。

普段ならば、自身のコムの察しのよさに「さすがは」と感じ入っていただろう。だが今は、その洞察力のよさが些《いささ》か勘に障《さわ》る。

「……どういう意味だ」

だからヴィストルは、抗議の意味でわざとそう尋ね返した。

いつものアーベントなら、ヴィストルがこんな風に重ねて不快さを示せば、それ以上に踏み込んでくることはなかった。

だが。

《言葉の通りの意味だ。人間の言葉では違う言い方をするのか？　やりたいことがあるなら早く行動に移せと言っているのだが》

ヴィストルを見つめたまま、アーベントはさらに言う。

「知ったようなことを」

憤りが増し、ヴィストルは吐き捨てるように言った。

書きかけだった書類には、インクの染みができている。ヴィストルは手にしていた羽根ペンを置くと、椅子から立ち上がり、アーベントを避けるようにして窓辺へ寄った。

街を見下ろす高台に位置するとはいえ、大きな森に囲まれているからか、この城はいつも昏《くら》い気配に包まれている。

それは、ヴィストルが生まれたときからずっと変わらなかった。

これからもずっと変わらないのだろうと思っていた。

だが今は。

昼下がりの柔らかな陽が、窓から静かに射し込んできている。

ヴィストルはその陽を全身に浴びながら、この光にも似た青年のことを想った。

昨日改めて妾のことを持ち出したとき、ベッドで涙を流していた青年のことを。

暗闇を照らす一筋の光のようだったリーン。けれど自分は、自分自身の手でその陽を陰らせてしまった。

思い返すと、また溜息が出る。

確かに、溜息ばかりだ。

昨日から何をしていてもリーンのことが頭を過《よぎ》り、溜息が零れてばかりだ。

生まれてからというもの、さして何かに興味を持ったこともなく、執着したこともなく、あらぬ噂を立てられたときもそれを正そうともしなかった自分なのに。

今はたった一人の男のことばかり考え、何も手に付かなくなっている。

(闇公爵ともあろうものが)

自嘲すると、そんなヴィストルを気遣うように見つめてきているアーベントが目に入る。

ヴィストルは口の端を上げたまま、ひとりごちるかのように口を開いた。

「美しいとは思わないか」

何が、とは言わない。

言う必要はないからだ。今の自分が「美しい」と感じるものは一つしかない。一人しかいない。

アーベントも当然尋ねる気配はなく、黙って耳を傾けている。

「わたしは美しいと思った。最初に見たときからだ。だがその美しい面差しに似合わず気は強く、だから興味を持った。——といっても、あのとき抱いていた気持ちはもっと残酷なものだ。汚《けが》してしまいたいと思ったのだ。彼のような真っ白で汚れのないものを汚してみたいと思った。だが汚れぬ。なぜだろうな」

《さて》

「それどころかわたしに興味を持つ始末だ。なんだあれは」

《さてな》

今までのリーンとの時間を、そしてリーンの言動に胸を揺さぶられた瞬間の一つ一つを思い出しながらヴィストルは言う。

初めて出会った得難い相手。だから悲しませたくないのに、どうして自分はたったそれだけのことができないのか。
そこでふと、思い出した。
「そう言えば、お前は彼のコムと親しいようだが」
すると、彼のコムは軽く頷《うなず》くように首を振った。
《ああ。あれは可愛らしい。ちょこまかとよく動いて飽きない。それに歌が上手いぞ》
「ほう」
《それがどうかしたか》
「……別になにも。聞いていた話とは少し違うと思っていただけだ」
《ん？》
「主人とコムは互いに影響し合うという話のことだ。いや、それとも今回に限って違うと言うべきか？　今までの妻たちのコムはみな、お前を避けていたようだからな」
《そうだな。ろくに顔も合わせていない》
「ああ。だが今回は違う」
今までは、コム同士が避け合っていたせいで主人同士も避け合っていた。古《いにしえ》から言われている、コム同士と主人同士の関係のように。
だが今回は……。

コム同士は引き合っているようなのに、人間同士はそうもいかないようだ。
だが、そんなヴィストルの言葉にアーベントは首を傾《かし》げた。
《お前たちも引き合っているだろう》
「さて。どうしてそう思う」
《少なくともお前はあの青年に拘《こだわ》っているからだ。ならば彼もお前を憎からず思っているはずだ。あとで悔やむことのないよう、もう少し素直になってみればどうだ》
「素直か……。苦手だ」
《それでもだ。まったく、昨日の朝食のときといい、どうしてああもひねくれたものの言い方をするのだ》
「なんのことだ」
《「わたしもお前と一緒に食べたかった」と一言言えば済むものを、どうしてわたしのせいにするのだ》
「……」
的確な指摘に、ヴィストルは押し黙った。
確かにその通りだ。
昨日、ヴィストルは初めてリーンと朝食の時間を合わせた。彼が普段どんな風に食事をしているのか、何が好きなのか、そんなことを知りたいと思ったためだ。

だがそれを口にすることにはなぜか抵抗があり、結局、アーベントが一緒に食べたがっていたから、と理由付けた。

リーンが倒れたのはその後だった。そして泣いたのも。

自分は間違っているのだろうか。

ヴィストルは大きく息をついた。

今までの結婚相手は皆、不幸にしてしまった。結婚相手だけじゃない。母も妹も弟も、自分に拘《かかわ》ったものは皆、あまり幸せではない一生を送ることになった。

だからリーンは——せめて彼はそんなことにならないようにいずれ解放してやるつもりだった。

だが果たして、自分にそんなことができるだろうか。

彼を手放して、彼なしでこれから生きていくことができるだろうか？

できない。

だから悩んでいるのだ。

ヴィストルが顔を歪《ゆが》めたとき。

《なににせよ、後悔せぬようにすることだ。さて——ではわたしは出かけてくるとしよう》

「どこへ行く」

自分に背中を向けようとする獅子にヴィストルが尋ねると、彼のコムは当然のような口調《くちょう》で言った。

《小さなコムとでかけるのだ》
「またか。ほとんど毎日ではないか」
《構わぬだろう》
「お前は……」
《羨《うらや》ましいなら、早々に心を決めることだ》
「簡単に言ってくれる」
《まったく——人間というのは賢いようで愚かだな》
「……」
呆れたように言われ、ヴィストルが言い返すこともできず微苦笑したとき。
改めて、アーベントに名前を呼ばれる。
《ヴィストル》
「なんだ」
答えると、今にも部屋から出ようとしていたアーベントが、振り返って言った。
《だがわたしは今のようなお前は嫌いではない》
「！」
《では行ってくる》
そしてアーベントは、もう後ろも見ずに部屋を出て行く。

ヴィストルは彼のコムが残した意外な言葉に苦笑すると、窓に身を寄せた。

自分にとって何が一番大切なのか。何を守るべきなのか。

決断すべき時間は迫っていた。

◆アーベント&ムー　小さな恋◆

《でね、リーンはずっとげんきがないんだ……》

待ち合わせて一緒にやってきた森の奥。泉のほとりに腰を下ろすと、アーベントの大切な小さな仲間であり、主《あるじ》が城に囲っているリーンのコムであるムーは、しょんぼりと肩を落としながら言った。

昨日から、彼の主は元気がないのだという。

だからなのか、ムー自身もどこか覇気《はき》がない様子だ。項垂《うなだ》れている背中をアーベントが優しく舐めると、ムーは続けた。

《だからぼく、うたってげんきづけたいんだけど、リーンはげんきにならないんだ。げんきそうにしてるけど、げんきじゃないの。わかる?》

《ああ――わかる》
《きょうも、ぼく、リーンといっしょにいようかとおもってたんだ。らいおんさんといっしょにでかけると、リーンがさびしいかな、っておもって。でもリーンはらいおんさんといっしょにでかけていいよ、って》
《そうか》
《ねえ、どうしてリーンはげんきにならないのかな。ぼくのうた、たのしくないのかな》
《そんなことはないだろう。わたしはお前の歌は好きだ》
《ほんとう?》
《ああ》
《ほんとうに?　じゃあうたっていい?》
《もちろんだ》
アーベントが頷くと、ムーは嬉しそうに飛び跳ね、近くにある石にぴょんと飛び乗る。
《じゃあ、歌うね!》
そして楽しそうに身を揺すると、いつものように元気に歌い始めた。
アーベントはその様子に眼を細める。
今までは歌など大して興味はなかったが、この小さなコムの歌声は心の中まで染み込んでくる。
いつの間にか互いの言葉が通じると気付いたのも、歌がきっかけだった。

だからアーベントはことのほか、ムーの歌を大切に思っていた。
やがて、ムーは歌い終えると、満足そうにアーベントの腹の辺りにくっついてくる。
《あ、そうだ》
直後、ふと思いだしたように声を上げた。
《ねえねえ、らいおんさん》
《なんだ》
《らいおんさんは、ぼくのこと、すき?》
《? どうしたのだ、急に》
《ええと……ええとね、リーンがなんだかきにしてたんだ。きかれたからきらいじゃないとおもうよ、ってこたえたけど、それでよかった?》
ムーは大きな瞳をぱちぱちさせながら訊いてくる。
その言葉に、アーベントは苦笑した。
案の定だ。
案の定、互いの主人同士も自分たちのように惹かれ合っている。
なのにどうして、人間同士は事態を難しくしたがるのか。
(こんなときは、人間ではなく聖獣《コム》でよかったと言うべきか……)
アーベントは溜息を繰り返していたヴィストルを思い出し、ひとりごちると、

《少し違うな》
とムーに返事をする。
そしてすぐに不安そうに尋ね返してきたムーに首を振ると、
《え!?　キライなの？》
《違う。好きだと言うことだ》
素直に自分の気持ちを伝える。
直後、ムーがみるみる真っ赤になった。
《どうした》
《わ、わかんない。でもなんだかすごくあついよ。なんで？　ほっぺたとかほかほかするよ！》
《そうか》
《うん。なんか、じっとしてられない》
《そうか。少しなら遊んでもいいぞ》
《う、うん……》
アーベントが薦《すす》めると、ムーはいつものようにアーベントの背によじ上る。
つやつやの毛並みを利用して、アーベントの背中を滑り下りるのは、ムーが大好きな楽しい遊びの一つだった――はずだった。
だが。

《どうした》
いつまで経っても滑り下りる様子がないムーにアーベントが尋ねると、ムーはアーベントの鬣にしがみ付いたまま、《あのね、あのね》と繰り返し、やがて、小さな声で言う。
《すこし、こうしていて、いい?》
その声の可愛らしさに微笑むと、アーベントは《もちろんだ》と頷いた。

◆　リーン&ムー&アーベント　そして胸の中にはいつも　◆

「できた……と」

ずっと作れなかった詩をなんとか完成させると、リーンはふうっと息をついた。

改めて見ても、あまり上手くない詩だ。恥ずかしい。けれど想いは籠《こも》っているからこれでいい、と思う。

多分、渡すことのない詩。想い。だがこうして形にしてみると、なんだかすっきりした。

少なくとも、自分を哀れんで泣いているよりずっといいだろう。

リーンは、ヴィストルの妾妃の話を聞いて思わず泣いてしまった昨日を思い出し、羞恥《しゅうち》に仄《ほの》かに頬を染めた。

わかっていたことなのに取り乱してしまうなんて。ヴィストルの前で泣いたのは、あれで二度目だ。

人前で泣いたのなんて、母が死んだときぐらいだったのに――あのときですら涙ぐんだぐらいだったのに、ヴィストルの前ではどうしてあんなに感情を剝《む》き出しにしてしまうんだろう。

心が揺れてしまうんだろう？

考えると、「好きだから」という言葉がどこからともなく湧いてくる。

そして全身に広がり、リーンを頷かせるのだ。

彼が好きだから、こんなに気持ちが揺れる。彼の言動の一つ一つで。彼にまつわることの一つ一つで。

「って……そろそろムーが帰ってくるころかな」

そうしていると、いつしか思っていたよりも時間が経っていたことに気づく。

リーンは慌ただしく机の上を片付けると、今日もアーベントと出かけたムーが帰ってくる前に、とその詩を書いた紙を封筒に入れて隠すと、自分の机の引き出しにしまってしまう。

ヴィストルに言われて作ってみた詩。でもこれは自分自身が作りたくて作った詩でもある。

彼への気持ちを読み込んだ詩。拙《つたな》いけれど、自分が彼を好きになった証《あかし》だ。

この先、彼が妾を迎えれば自分はどうなるかわからない。それでも、今のこの気持ちは本当だから、それを留めておきたい。

するとリーンがちょうど机から離れたとき、

《リーン！　ただいま〜》

薄く開けている扉の陰からムーが姿を見せる。

「お帰り」

大きく扉を開けて出迎えようとしたそのとき。そこにアーベントもいることに気付く。

「あ……お帰り、アーベント」

相変わらずの大きさと風格のあるその体軀にいくらか気圧《けお》されつつ、リーンは笑顔で挨拶した。

「いつもムーと一緒にいてくれてありがとう」

そしてそろそろとその頭を撫でてやると、アーベントはじっとリーンを見つめてくる。

その瞳は神秘的で、見つめられると何もかも見透かされるような心地になってくる。

胸の中に秘めている気持ちも。その気持ちを詩にしたことも。

すると、アーベントは挨拶のようにムーを軽く舐《な》め、くるりと背を向けて去っていく。

雄々しく凜々《りり》しいその後ろ姿を見ながら、リーンは今ここにいない、けれど胸の中にはいつもいる一人のことを思い続けていた。

◆　夜の贈り物　◆

「凄い…綺麗ですね……」

ヴィストルが妾妃を娶《めと》ることを正式に取りやめてから、およそ二ヶ月後。

城の周りに広がる森の、奥の奥にある小さな泉のほとりで、リーンは感嘆の声を上げた。

鏡のような水面《みなも》に映っているのは、細い細い月だ。

銀細工のようなその月を、リーンが目を輝かせて見つめていると、

「美しいだろう」

背後から声がした。

リーンが頷くと、その声の主、公爵でありリーンの夫であるヴィストルは、満足そうに笑った。

今夜、「出かけよう」と急にヴィストルから声がかかったのは、夕食を食べて学生たちのレポートの採点をしていたときだった。

レポートの返却までにはまだ余裕があったし、ヴィストルと出かけることに否《いな》やはない。そのため、リーンは「はい」と気安く応じたのだが、まさか夜中にこんなところまでやってくるとは思っていなかった。

（しかも、ムーもアーベントも一緒なんて）

リーンは、同じようにして近くで泉を覗《のぞ》いている二匹を見つめながら、胸の中で呟く。

子どものころからいつも一緒にいるコムだが、もちろん常にべったりと一緒でなければならないというわけではない。リーンは自分の部屋で仕事を、ムーは森に遊びに、と別々に過ごすことも何度もあった。

だがどうも今夜は、ヴィストルがリーンを誘い、アーベントがムーを誘い、二人と二匹でここにやってきた格好になっている。

(いったいどうしたんだろう?)

結婚して以来、こうして互いのコムと一緒に出かけるのは初めてだ。

なにか理由があるのだろうかと思っていると、

「リーン」

再びヴィストルの声がする。

「はい」と目を向け、リーンは息を呑んだ。

ヴィストルの手には、今まで見ていた月のような、冴え冴えと美しく光る銀色の指輪があったからだ。

声を無くすリーンに、ヴィストルは微笑んで言った。

「今夜は、これを渡したいと思ったのだ。特別な夜に、お前に改めて愛を伝えたいと思った。指輪などなくともわたしの愛はお前だけのもの…お前はわたしの唯一の妃だが、愛の証を、お前に

いく。

贈りたかった」

「ヴィストル……」

「もらってくれ、リーン。これはわたしの愛は永遠にお前のものだという誓いだ」

そしてヴィストルは、そっとリーンの手を取る。

感激に胸がいっぱいになるのを感じながらリーンが頷くと、その指に静かに指輪が嵌められていく。

嵌め終えると、ヴィストルは微笑んで指輪に口付けた。

「これはお前を護るものだ。わたしの名において、お前を一生護り続ける」

「ありがとう……ございます……。僕も、ずっとあなたの側にいます。いつまでも、ずっと」

涙を堪《こら》えながら頷くと、ヴィストルはそんなリーンを包むようにそっと腰を抱いてくる。

そのまま草地に座るよう促され、腰を下ろすと、

《リーン！》

ムーが声を上げて駆けてきた。

《みてこれ！　すごくきれいだよ！　らいおんさんにもらったんだ！》

差し出してくるのは、小さな水晶だ。

《すごいね！　ぼくすごくうれしい！》

ムーがはしゃぐ声を聞きながら、リーンはゆっくりと近付いてくる黒い獅子——アーベントに

視線を移す。

ヴィストルがリーンに誓いの指輪を贈ってくれたように、彼もまた、ムーにこの石を贈ってくれたのだろうか。

(きっとそうだ……)

聖獣の愛情が込められた貴石。

リーンは、水晶を手に嬉しそうに飛び跳ねるムーを捕まえると、「じゃあ、大切にしないとね」と微笑む。

《うん!》

するとムーは元気に答え、リーンの腕の中から飛び降りると、草地に身を伸ばしたアーベントの身体に寄りかかるように座り込む。

手にしている水晶を嬉しそうにためつすがめつしているムーの様子を見ていると、リーンの頬も緩んでくるようだ。

「ありがとう」

リーンがアーベントにお礼を言うと、アーベントはその声に応えるように小さく唸り、次いで何か探すように夜空を見る。

どうしたのだろう、とリーンが思ったときだった。

「そろそろだな」

ヴィストルは言ったかと思うと、「わたしたちも横になるぞ」と、リーンの腕を引っ張り寝転がるよう促してくる。

一瞬戸惑ったものの、言われるまま横になる。

その瞬間。

光るものが視界を、夜空を過った気がした。

「えっ」

驚きに声を上げた直後にも、光は次々と夜空を過る。

流星だ！

「流れ星です！　凄い！」

気付いたリーンが声を上げてヴィストルを見ると、彼は満足そうに微笑んでいる。

その笑みに、リーンは気付いた。彼はこれを見せたかったのだ。

リーンの手に、ヴィストルの手が重ねられた。

「月と流星がともに見られる夜はそうそうない。今夜はその数少ない夜だ。だからこの特別な夜に、お前に指輪を贈りたかった。記念の夜だ。特別な方がいいだろう。もっとも、わたしがお前を愛することは特別でもなんでもないがな。わたしにとって、お前を愛するのは当然のことだ」

ゆっくりと、指に指が絡む。

リーンは自身の手が次第に強く握られていくのを感じながら、何か言わなければとヴィストルを見つめる。

嬉しい、と、幸せだ、と。今の想いを伝えなければ、と。

だがどうしても、言葉が出ない。

嬉しいのに、感激しているのに、込み上げてくるものが大きすぎて、言葉よりも先に涙が零れてしまう。

「っ……」

耐えきれず嗚咽《おえつ》を漏《も》らすと、「わかっている」と微笑まれ抱き寄せられる。

銀の月が輝き、星が降る夜。

リーンは贈られた指輪の感触をその指に感じながら、最愛の夫であるヴィストルと、相棒であるムー、そしてそんなムーを守るように側にいるアーベントと身を寄せ合い、涙に滲む特別に美しい夜空を見つめ続けた。

END

あとがき

こんにちは、もしくははじめまして。桂生青依です。

このたびは本書をご覧下さいまして、ありがとうございました。

今回は初めてのファンタジー！　ということで、凄く楽しく書きました。

もちろんいつも楽しいのですが、一から世界観を考えて…というのは、「難しいけどその難しさが面白い！」と言うか。

プロットのときから色々アイディアを出しつつ、ものすごくわくわくしながら書いたものなので、とても思い出深い一作になりました。

冒頭から番外のショートまで萌えと愛をぎゅっと詰め込んでいます。

皆様にも楽しんでいただければ何よりです。

コムを書くのは特に楽しかったですね。

ムーもアーベントも、こういう子がいればいいなあ……というわたしの願い（妄想？）がいっぱい詰まった子たちになっています。

リーンやヴィストルの二人と共に、二匹も愛していただけますように。

そして今回、素敵なイラストを描いて下さった周防先生に心からお礼申し上げます。

ヴィストルはまさに闇公爵！　という格好の良さで、ラフを拝見したときから大感激でした。リーンも「大人しいかと思いきや実は結構勝ち気」といった彼らしさが、表情や雰囲気からひしひしと感じられて、理想のリーンを描いてもらえた嬉しさでいっぱいです。ムーやアーベントもそれぞれの主人のコムらしく、可愛かったり、大きくて怖いけど頼もしかったりで、想像していた以上の素敵さで凄く幸せです。

本当にありがとうございました。


また、いつも的確で丁寧なアドバイスを下さる担当様、及び本書に関わって下さった皆様にもこの場を借りてお礼申し上げます。

ありがとうございます。

そして何より、いつも応援下さる皆様。これからもよろしくお願い致します。本当にありがとうございます。

今後も皆様に楽しんで頂けるものを書き続けていきたいと思いますので、引き続き、どうぞよろしくお願い致します。

それでは。


読んで下さった皆様に感謝を込めて。

桂生青依　拝

◆初出一覧◆

闇公爵の婚礼～聖獣の契《ちぎ》り～　／書き下ろし

秘話　／書き下ろし

ビーボーイノベルズをお買い上げ
いただきありがとうございます。
この本を読んでのご意見・ご感想
をお待ちしております。

〒162-0825 東京都新宿区神楽坂6-46
ローベル神楽坂ビル５階
リブレ出版㈱内 編集部

リブレ出版WEBサイトでアンケートを受け付けております。
サイトにアクセスし、TOPページの「アンケート」から該当アンケートを選択してください。
ご協力をお待ちしております。

リブレ出版WEBサイト　http://www.libre-pub.co.jp

闇公爵の婚礼～聖獣の契《ちぎ》り～

2014年8月20日　第1刷発行
著　者——桂生青依

発行者——太田歳子
発行所——リブレ出版 株式会社
〒162-0825
東京都新宿区神楽坂6-46ローベル神楽坂ビル
営業　電話03(3235)7405　FAX03(3235)0342
編集　電話03(3235)0317
印刷所——株式会社光邦

この書籍の用紙は全て日本製紙株式会社の製品を使用しております。

Printed in Japan
ISBN 978-4-7997-1537-6